ふるさと文学さんぽ

大阪

監修●船所武志
四天王寺大学教授

大和書房

雪の美しいのを見るにつけ、月の美しいのを見るにつけ、つまり四季折り折りの美に、自分が触れ目覚める時、美にめぐりあふ幸ひを得た時には、親しい友が切に思はれ、このよろこびを共にしたいと願ふ、つまり、美の感動が人なつかしい思ひやりを強く誘ひ出すのです。この「友」は、広く「人間」ともとれませう。また「雪、月、花」といふ四季の移りの折り折りの美を現はす言葉は、日本においては山川草木、森羅万象、自然のすべて、そして人間感情をも含めての、美を現はす言葉とするのが伝統なのであります。

川端康成

●ノーベル文学賞受賞記念講演「美しい日本の私」より抜粋

ポポン・S

目次

さまざまな時代に、さまざまな作家の手によって、「大阪」は描かれてきました。
本書は、そうした文学作品の断片（または全体）を集めたアンソロジーです。また、
本書に掲載された絵画は、すべて長谷川義史氏によるものです。

かたり

くっすん大黒

町田康

もう三日も飲んでいないのであって、実になんというかやれんよ。ホント。酒を飲ましやがらぬのだもの。ホイスキーやら焼酎やらでいいのだが。あきまへんの？　あきまへんの？　ほんまに？　一杯だけ。あきまへんの？　ええわい。飲ましていらんわい。飲ますな。飲ますなよ。そのかわり、ええか、おれは一生、Wヤングのギャグを言い続けてやる。君がとってもウィスキー。ジーンときちゃうわ。スコッチでいいから頂戴よ。どや。滑って転んでオオイタ県。おまえはアホモリ県。そんなことイワテ県。ええ加減にシガ県。どや。松にツルゲーネフ。あれが金閣寺ドストエフスキー。ほんまやほんまやほんマヤコフスキー。どや。そろそろ堪忍して欲しいやろ。堪忍して欲しかったら分かったあるやろな。なに？　堪忍していらん？

もっとゆうてみいてか？　毒性なおなごやで。あほんだら。どないしても飲まさん、ちゅうねんな。ほなしゃあないわ。寝たるさかい、布団敷きさらせ、あんけらそ。

などと、家の中には誰もおらぬというのに、ぶつぶつとかかる無意味な独り言をいうはめになった、そもそもの根本の原因は、この顔である。というのは実は、自分はもともと、たいへんな美男であったのである。ところが、三年前のある日、ふと、働くのは嫌だな、毎日ぶらぶら遊んで暮らしたいな、と思い立ち、思い立ったが吉日、ってんで、その瞬間から仕事を辞め、それからというもの自分は、くる日もくる日も酒を飲んでぶらぶらしたのであるが、また別のある日、ただ、ぶらぶらしているのも芸がない、なにか、無心になって打ち込めるもの、いわゆる趣味をもとう、と思い立ち、たまたま、朝刊に挟まっていたチラシを見て、写経を始めたの。ところが、やってみるとこれ、なんだか気が滅入るばかりで、ちっとも楽しくない。しかし、まあ人間辛抱が肝心だ、と、二時間ばかり歯を食いしばって頑張ったにも拘らず、やはり駄目で、しょうがないので写経はよして、趣味なんて考えた自分が馬鹿だった。やはり、なにもしないのが一番だと、反省し、この三年というもの、毎日、酒を飲んでぶらぶらしていたのである。

ところが三、四日前、たまには顔でも洗ってみるか、と、洗面所の鏡を見ると、そうしてたくさんに召し上がったお酒のせいで、かつて、紅顔の美少年、地獄の玉三郎などと称揚された自分の顔が、酒ぶくれ水ぶくれに膨れ上がり、瞼が垂れ下がり、頬と顎のあたりには袋様に脂肪がつき、膨れた顔の中心に目鼻がごちゃごちゃ固まって、なんとも浅ましい珍妙な面つきとなり果てているのである。なんとも面白い顔であるよなあ。まるであの大黒様のようだ。はは。と、しばらく鏡を見て笑っていたのであるが、やがて自分は、いままでまったく訳が分からないでいた、昨夜、ぷい、と家を出て行ったきり帰ってこないという妻の奇怪な行動の意味を勃然と悟ったのである。自分だって四六時中、こんな面白い顔を見て暮らすのは嫌だ。だって、つい、笑ってしまって真面目なことを考えることが出来ないではないか。妻だってきっとそうに違いない。もともとあの女は、いたって生真面目なところがあったのだもの。なるほど、やっと分かった。

と、ここまでは謎を解明できてよかったのだが、問題なのはその後で、どうも寂しいのである。なにかこう、虚しいのである。つまり、妻の餓鬼、出て行くならあっさり出て行けばいいものを、現金、通帳はいうに及ばず、宝石、株券等、金目のものを洗いざらい持ち出してしまったのである。いうまでもなく、自分はぶらぶらしていたので現金の持ち合わせは一切これ皆無で、その都度必要の折、ったって、自分は、ぶらぶらしているだけだから大金が必要になることは滅多にない、はは、子供だね、五百円千円と妻にもらっていたのであって、妻が出ていったいま現在、ただの百円も持っていない。ところが習慣というものは恐ろしいもので、この時刻になると、いっぱい飲みたくてたまらず、苛々と心落ち着かず、大変に切ない気分で、まだ世間は明るいというのに、ボミットオンザ布団、なんてなことになり果てたのである。

寝転がっては見たもののちっとも眠くならないうえ、おまけにむかむかと怒りがこみ上げてくる。というのも、自分は、ぶらぶらするばかりでなく、寝床でぐずぐずするのも好む性分なので、枕元周辺にはいつも、生活用具一式、すなわち、ラジカセ、スタンドライト、湯呑、箸、茶碗、灰皿、猿股、食い終わったカップラーメンのカップ、新聞、シガレット、エロ本、一升瓶、レインコートなどが散乱しており、それらに混じって、いったい、なぜ枕元周辺にそれがあるのかよく分からないもの、すなわち、ねじ回し、彩色していないこけし、島根県全図、うんすんかるた、電池なども散乱しているのであるが、そのよく分からないものの中に、五寸ばかりの金属製の大黒様があって、先前からむかついているのは、この大黒様、いや、こんなやつに、様、などつける必要はない、大黒で十分である、大黒のせいなのである。

『くっすん大黒』より　抜粋

解説

文学というフィクションの世界を物語っていく語り手は、作品の中で重要な役割をもっています。語り手が、どんな言葉を、どのように語るかによって、物語の情景や雰囲気や筋立てなどが大きく変わるからです。

町田康の『くっすん大黒』は、語り手の語る言葉と、言葉の使い方や繋がり方の独自性によって、これまでにはなかった文学の面白さを成立させたのでした。

主人公の楠木正行のもつ退廃的な雰囲気や、句読点を多用したテンポのよい「かたり」のリズムは、パンクロックのミュージシャンでもあった町田康だからこそ生まれた文体だといえるかもしれません。

主人公の楠木は、ふと働くのが嫌になり仕事を辞めて、酒ばかりを呑みながら、何もしない日々を送っています。妻の夏子は、金目のものをすべて持って家を出ていきました。そんなある日、ふと部屋を見渡すと、散らかった中に「五寸ばかりの金属製の大黒様」が転がっています。何もできない自分を見ているようなその大黒を捨てて、だらしない生活から脱出しようと決意しますが、いざ捨てようとすると、どうも上手くいかない…。

『くっすん大黒』は、そんな自堕落で不器用な男の脱力した苛立ちの世界を、独特な大阪弁の「かたり」によって展開させていきます。

大阪府堺市出身の町田康は、上方落語、時代劇、河内音頭などから影響を受けてきたといいます。

二〇〇五年に第四十一回の谷崎潤一郎賞を受賞した『告白』は、河内音頭のスタンダードナンバー『河内十人斬り』をモデルにした作品だと言われています。

町田康は『告白』についてのインタビューで「河内音頭を書きたい、と同時に、大阪弁が出てくるものを書きたいと思っていました。『十人斬り』は子供の頃から音楽としてなんとなく耳にしていて、中学生くらいから好きだなと思って意識的に聴いていたんです。聴いていると自分の中に何か残るものがあって、それを小説なりなんなり、形にしたい、というのがありました」と語っています。

町田康

(まちだ　こう) 1962〜

大阪府堺市生まれのミュージシャン・小説家。町田町蔵の芸名で1981年にパンクバンド「INU」でレコードデビュー。処女小説「くっすん大黒」で1997年に野間文芸新人賞を受賞。2000年には「きれぎれ」で123回芥川賞を受賞し、以後主に作家として活動している。

『くっすん大黒』
文春文庫／2002年

ネンをつけたらよろしねん　尾上圭介

せっかく物を買おうと思って店にはいっても、店員の応対が悪いと、「もう二度と来るもんか」という気持ちになる。

「これぐらいの大きさのベッコウのくしおくれ」

「おまへん」

というような返事をされると、「この店に置いてないもんを買いに来るな」と叱られているような気になる。

そこで、大阪の商家では昔から丁稚さんの言語教育に力を入れたらしい。「そういう時は

『おまへんねん』と『ねん』をつけなはれ。ことばにネンが足らんのは気持ちに念が足らんのや」と教えられると、なるほどそうかと思う。たしかに「おまへんねん」と言うと、先ほどの相手をつっぱねるような調子はみごとに消えてしまうから不思議である。

「ネン」をつけると、どうして当たりがやわらかくなるのであろうか。実は、「ネン」ということばは、相手と自分の間にある扉を開いてこちらの手の内を相手に見せるという姿勢を持っているのである。

「ネン」はもともと「ノヤ」であり、ノヤ↓ネヤ↓ネンと音変化をとげたものであって、「ノヤ」は言うまでもなく共通語で言うところの「ノダ」である。濡れている地面を指さして、事情を知らない人に「雨が降ったのだ」と説明するときに使うとおり、「ノダ」ということばは、話し手だけが知っている事情、話し手の側に属する事情を、相手に見せて解説するという働きを持つ。「ネン」もこれと同じで、ただ「おまへん」と言うと「ない」という事実を裸でほうり出すことになるが、「おまへんねん」と言うと「実はないのです」というように自分の店の事情を客に説明することになる。「わし、帰る」と言えば一方的な宣言であるが、「わし、帰るねん」と言えば、自分のしようとする行動の中身、つもりを相手にうちあける表現となる。「ネン」をつけることによって「実は……なのです」というような「ことを相手にうちあける」姿勢が表現されることになるから、当たりがやわらかくなるのである。

相手と自分の間に壁を作るまいとする傾向の強い大阪弁にとって、このような響きを持つ「ネン」はまことに便利なことばである。

「あいつ、むちゃくちゃ言いよるねん」

「それがなあ、おもろいねん」

「今日、昼からひまやねん」

「ちょっとも仕事あらへんねん」

というように、どこにでも「ネン」をつけたくなる。べつに「実は……なのです」というほどの気持ちがない場合でも、「ネン」をつけることで、やわらかく、親しく、手の内を開いて話しかける調子が出るから、大阪の人間にとって「ネン」はなくてはならない道具となっている。

今「ある」こと、これから「行く」ことを、「あるねん」「行くねん」と言う。では、さっき「あった」こと、「行った」ことを言うときは、どう言うか。「あったねん」「行ったねん」とは言わない。「あってん」「行ってん」と言う。

考えてみれば、これはものすごい発明である。「ネン」という語形は、ノヤ↓ネヤ↓ネンというように、その由緒正しい生まれをたどることができるが、「テン」の方はそれができない。「あったノヤ」がどう転んでも「あっテン」という形にはならない。ではどうして「あってん」「行ってん」という形が生まれたのか。それはただ、「あった」「行った」の「タ」を、「ネン」のｅｎ音にそろえて「テン」にしただけのことである。「ネン」ということばはまことに便利だから、「ネン」の過去形があったらもっと便利にちがいない。「ネン」があるのだったら「テン」があってもいいだろう、作ってしまえ、というわけである。「テン」ということばを作って使ってみたら、やっぱりたいへん都合がいい。無理矢理でもなんでも、便利なものはそれでいいではないかということで、大阪弁の中に市民権を得てしまったわけである。

「黒のカーフの札入れで、マチがなくて、カードが二枚ほどはいって、キラキラした金具がなんにもついてないやつで、ごく薄くてやわらかあい、手ざわりのええのん、無いやろか」
「惜しいなあ、きのうまであっててん」

「テン」という融通無礙《ゆうずうむげ》の造語法、それを許してしまうまでの大阪人の「ネン」好き、それを考えるたびに、私は梅田の地下街のサイフ屋の右の応対を思い出す。こんな芸のある店がそこここにある。これが大阪の文化というものであろう。

『大阪ことば学』より

解説

『大阪ことば学』は、大阪人のものの見方、考え方、とらえ方、感じ方が、言葉としてどのように表れているかが、言語学に裏打ちされてアプローチされています。言葉の解説本をはるかに超えて、大阪の文化が言葉にどう現れているかが説かれています。

日本語は、文構造においても文章構造においても末尾に結論や主張を置く傾向があります。文末には、ものごとを述べ定める助詞が置かれるが、さらに相手めあての文を述べ終える助詞が置かれます。その「相手めあて」というところに大阪人は精一杯のサービスを載せているのかもしれません。きついことを指摘しながら最後の所ですっと和らげる会話の手法を身につけているのでしょう。そのような事情がこの『大阪ことば学』では見事に解説されて、大阪人にとっても腑に落ちることでしょう。

日本語の文章や話の構成として、起承転結が一つの型とされていますが、文章や話の末尾にようやく結論が来ることを、大阪人は好まないことがあります。結論から述べて理屈をこねまわさずに「な、分かるやろ」というものいいになり、端的に、しかも阿吽《あうん》の呼吸を好みます。したがって「理づめで動くが理くつ言いはきらい」(『大阪ことば学』第五章)ということなのでしょう。動物園のオリの前の立て札に「かみます」と書いてしまうところなどは、大阪人のせっかちな一面をうまく利用しているかにさえ思えます。歩く速度が早いとともに、信号が変わると既に人も車も動いているのが大阪です。

「ぼちぼち行こか」(『大阪ことば学』第七章)では、「大阪人の共同作業のセンス」が説かれていますが、読んでいると、堺市から南の泉州地域に「連れもて行こら」という言葉があることを思い出します。大阪人は、一人だけ突出するようなスタンドプレーはあまり好まないのかもしれません。一人でできることは知れている、仲間で一緒にやろか、といった思いがあるのでしょう。各章の深い考察に触れると、さらに、読み手の中では大阪の言葉に対する広がりが生じてきます。名著の所以でしょう。（船所記）

尾上圭介

（おのえ　けいすけ）1947～

大阪府大阪市生まれの国語学者。東京大学大学院修了。神戸大学文学部助教授、東京大学文学部助教授、同大学院人文社会系研究科教授を経て、同大学の名誉教授となる。学生時代は落語研究会に所属し、落語やお笑いなどに造詣が深い。

『大阪ことば学』
岩波現代文庫／2010年

崇徳院

桂米朝

ガラッと世の中が変わってしまいまして、ないようになったものはぎょうさんございますけど、恋患《こいわずら》いというのがないようになったんやそうですな。このごろはまあノイローゼやとか、いろんな他《ほか》の名前がついてますが、むかしはもう言いたいこともこう口から出さんと、ジイーッとこう思い悩《なや》んでるてな、ようあったもんで、年頃《としごろ》の娘はんがジイーッとやってると、もう親が、じきにもうその心配をして、

「あんた、はっきり言うたらどやのん」

「…………」

「相手誰？　お向かいの清八《せいはち》さんか、ほなあの弥助《やすけ》はんか、卯之吉《うのきち》つぁんか、良夫《よしお》はんか、誰やのん」

「……誰でもええ」

こんなんも中にはあったんやそうですさかい、えろう同情せえでもええのんかもわからんが、このごろはまあこんなん流行りまへんな。大事なはなしでも電話かなんかで簡単にかたづけてしまう人があったりして、

「あっ、春子さんですか、昨日はどうも失礼しました」

「昨日はどうも失礼をいたしました。きのうああやってあなたから結婚のお申し込みをいただいて、はあ、ご承諾して帰ったんですけどね、うちへ帰ってよう考えてみましたら、よそから、一つ先口《せんくち》受けてましたんやわ、はあ、で、お宅さんのほうお断わりせんならんようなことに」

「ああさよか、……そらどうもしゃあおまへんわな、それやったら、へえ、ほなまたどこぞ他探してみまっさかいに……」

なんやこう、アパートでも探してるようなぐあいでこれではとても恋患いなんかできるわけはない。大阪にまだ恋患いてな悠長《ゆうちょう》なものがあった時分のおはなしで。

熊「今日は、熊五郎で、えらい遅なりまして……」

番頭「ああ熊《くま》はんか、旦那がお待ちかねや。早《は》よ奥へ通って」

熊「へえごめんを、……あ、旦さん、熊五郎でおます、お使いをいただきましたんやそうで。いえ、朝からちょっと用足《ようた》しに行《い》とおりまして、帰るなり急な御用や言われて、草鞋も脱がんと飛んで来ましたんやが、何の御用で」

旦「ああ熊五郎か、待ってたんや。また一つ、やってもらわんならんことがでけた……というのは、実は倅《せがれ》、作治郎のことじゃ」

熊「へえへえ、若旦那が」

旦「うむ、二十日《はつか》ほど前から、フトした風邪がもとで寝込んでしもうた。いろいろとお医者にも見せたが、どうにも診立《みた》てがつかん。とうとうえらいことになってな」

熊「へーえ、ちっとも存じまへなんだ。さよか、ほたら私《わたい》、これからお寺へ行《い》て来まっさかい、葬礼屋《そうれんや》はどなたかほかの方で」

旦「これ、ちょっと待ちなはれ。倅はまだ死んでやせんがな」

熊「あ、さよか。そら埒のあかんこって」

旦「そら何を言うのやいな、埒があいてたまるかいな。で、さるご名医にお見せしたところが、これは気病《きやまい》じゃとおっしゃる。薬では治らん。何か心に思いつめていることがあるに違いない。その思いごとさえ叶えてやれば病はたちどころに治るが、こんなりほっといたらあと五日がむつかしい。ともかく、心のしこりをほどけばよいとのこと。まあ、やれやれ。……ところがその思いごと、というのをわしが聞いても言わん、母親がたずねても返事をせん。全体、こなたは誰にならら言うのやと聞いたら、熊はん、お前にやったら打ち明けると言うのや。親にさえ言えんことを……もっとも、親にはかえって言いにくいことがある。ま、小さい時からお前《ま》はんとは馬が合うらしかったし、ひとつ、その願いごとというのを聞き出してやってもらいたいのじゃ」

熊「さよか、そらご心配なこって。よろしい。いえ、何でもないこって、若旦那は……、あ、奥の離れに……、へえへえ……ちっとも知らなんだな、……奥の離れと、ここや(と、控えの間をあけるしぐさ)うわ、薬の匂いがプンとくるがな。病人の部屋をこう閉めきったらいかんなあ……もうし若旦那(と、次のふすまを開く)こんな薄暗《うすぐら》いところに寝てたら毒や」

若「誰も来たらいかんと言うてるのに……、どなたや」

熊「熊五郎でおます」

若「ああ熊はんか。さあ、こっちへ入っとおくれ」

熊「あんた患《わずろ》うてはりまんねやてな」
若「大きな声やな、頭へひびくがな」
熊「いけまへんで。良《え》え若い者《もん》がキナキナ思いごとして寝てるてな、そんなん今どきはやらん。けど私《わたい》、喜んでまんねんで。親旦那にさえ言えんことを熊五郎を呼んでくれ……よう言うとおくなはった。私、あんたのためならどんな事でもしまっせ。何を思いつめてなはんね、早よ言うとおくなはれ」
若「おおきに。これだけは誰にも言わずに死んでしまおうと思うてたんやが、お前《ま》はんにだけは聞いてもらいたい。……けど、私《わたし》がこんなことを言うたさかいというて、お前、笑《わろ》うたらあかんで」
熊「なんで笑いますねん。病のもとを尋ねて笑うわけがおまへんがな」
若「いや、ひょっとしたら笑うわ。もし笑われたら私《わたい》、恥《はず》かしいよってに死んでしまう。必ず笑わんといてな」
熊「えらいむつかしいんやなあ、へえへえ、笑わしまへん、こわい顔してまっさかい」
若「別に、にらまんかてええがな。しかし……そう言うてても お前、……私がこんなこと言うたら、エへ、やっぱり笑うやろ」
熊「あんたが笑うてなはんねやがな」
若「ほたら、お前、死ぬか」
熊「なんで私《わたい》が死なんならんのや。そんなあほなこと言うてんと、早よおっしゃれ」
若「どうもしょがない。ほな、思い切って言うてしまおう。実は二十日ほど前に定吉《さだきち》を連れて高津《こうづ》さんへお参りをしたんや」
熊「へえへえ、高津さん、仁徳《にんとく》天皇よう知ってる、それから」
若「ああせわしな……ご参詣《さんけい》をすませてから絵馬堂《えまどう》の茶店で一服した」
熊「絵馬堂、向こう見晴らしがよろしい。道頓堀《どうとんぼり》まで一目に見える。腰かけるなり茶《ぶぶ》くんでくる羊羹《ようかん》持ってくる。向《む》こ(あそこの意味)の羊羹、分厚うてうまいねん、なんぼほど食べた」
若「知らんがなそんなこと。こっちが休んでるところへ入っておいなはったんが、お齢のころが十七、八、お供《とも》を四、五人連れてそれはそれは美しい水も滴《た》れるようなきれいなお方や。ああ世にはうつやかなお人もあるものと、こっちがじーと見てるとな、先様《さきさん》もこっちをじーと見てはったと思うたら、ニコッと笑うてやった」

熊「そら、向こうが負けや」

若「にらみ合いと違うで、これ。あとから来て先に立たんならん破目になって、出て行かはったあとを見ると、緋塩瀬《ひしおぜ》の茶帛紗《ちゃぶくさ》が忘れたある。私が立って行て、これあんたはんのと違いますかと手から手へ渡してあげると、丁寧におじぎをしやはってまた茶店へ戻って来るなり料紙《りょうし》を出せとおっしゃる」

熊「そんな無理言うたらいかんわ。高津さんあたりに漁師《りょうし》が居たりするかいな。あらやっぱり浜手《はまて》のほうに」

若「何を言うてる。料紙というたら紙に硯《すずり》を添えて持ってくるのや。紙にサラサラと歌を書いてくれはった。手にとって見ると良え手跡《ええてえ》で〝瀬を早み、岩にせかるる滝川《たきがわ》の〟としてある」

熊「ははあ、そらやっぱり油虫のまじないで」

若「阿呆《あほ》なこと言いなはれ。お前はんなんか知ろまいが、これは百人一首にもある崇徳院《すとくいん》さんのお歌や。下《しも》の句が〝割れても末に逢《あ》はんとぞ思ふ〟それが書いてない。こうしてわざと下の句の書いてないところをみると、今日は本意《ほい》ないお別れをいたしますが、いずれ末には嬉《うれ》しうお目にかかれますようにという、先様のお心かいなと思うと、私《わたい》もうファーとなってしもうて、家へ帰ったきり頭が上がらん。……思いつめて寝てるとえらいもんやで、天井へその娘はんの顔が浮かんでくる。欄間の天人の顔もその人に見える。掛軸の鍾馗《しょうき》さんの顔がその娘はん、足にふまえてる鬼の顔までその人や。……さいぜんからしゃべってるやろ、……と、お前の顔がだんだんとその娘はんに」

熊「ねきへ寄りないな、心持《ここち》の悪い。ようそれだけ思い詰めなはったな。……よろしい。あんたがそこまで思い詰めたんなら私も男や、どないでもして一緒にさせたげま。どれだけの御大家《ごたいけ》か知らんが、ここのお家もこれだけの身上《しんしょう》、よもや釣り合わんてなことはおまへんやろ。相手はどこのお方だす。どこのお方やおっしゃれ」

若「それがわからん」

熊「なに、わからん……わからんて、ようそんな頼りないことを言うてはるな。……なんで定吉《さだきっ》とんにでも後《あと》をつけさせてやらへんのや。ぬかったなあ、ま、よろしい。わからんならわからんでまた、手だてがおますわいな。ちょっと待ってなはれ、短気な心おこしたらあきまへんで。……チェッ、銭《ぜに》のある奴《やつ》ちゅうのはしょうもないこと言うて患うてけつかる。……へい、行てまいりました」

旦「おお、どんなこと言うてましたな、倅《せがれ》」
熊「えらいこと言うてまっせ、倅」
旦「お前までが倅というやつがあるかい」
熊「何でも二十日ほど前に高津さんへ行かはりましたやろ」
旦「ああ、参りたいというので定吉をつけてやりました」
熊「それがいけまへんね。なんで生玉《いくたま》はんへ参らさん」
旦「知らんがな、どうしたんや」
熊「その高津さんが業《わざ》しよったんだんな」
旦「何じゃ、その業しよったとは」
熊「ご参詣すませて絵馬堂の茶店で一服したんでやすと、向《む》こ見晴らしがよろしいさかいな。道頓堀まで一目に見える。じきに茶《ぶ》くんでくる。羊羹もってくる、向この羊羹分厚《ぶあつ》うてうまい、なんぼほど食べたと思うやろ」
旦「そんなこと思《おも》やせん」
熊「思やせんて、ここ思うとこやがな。で、一服してなはるとそこへ、お供を四、五人連れてお齢のころなら十七、八、ビチョビチョの女子《おなご》が入って来たン」
旦「なんやそのビチョビチョの女子とは」
熊「さあ、川へでもはまったんだっしゃろな。体からこうボタボタと、水が滴《た》れてまんねんて」
旦「それも言おうなら、水も滴れるようなきれいなお方というのと違うか」
熊「あ、それでやすわ」
旦「何を聞いてきたんじゃ」
熊「それが入って来たんで。で、若旦那もきれいな人やなと思うて見ていると、先様《さきさん》もこっちをじっと見てたかと思うと、ニコッと笑うたと言いまんねん。生意気な奴だっせ。わたいやったらボーンといてこましたるとこやけどな。それで後から来たのに先に立つ破目になって、出て行たあとを見ると、緋塩瀬の茶ブクサとかいうもんが忘れてあった。ほっときゃええのに若旦那の世話焼き、立って行てこれあんたはんのと違いますかと手から手へ渡したげると、向こうも丁寧にお辞儀をしやはって、また茶店へ戻るなり、良助《りょうすけ》出《で》えとこう言う」
旦「何や、その良助というのは」
熊「わかりまへんやろ。ここは私にもわからなんだんや、良助とは紙と硯」

旦「それは料紙じゃ」

熊「それそれ、それを出したらサラサラと紙に歌を書いてくれはった。その歌の文句が、石川や浜の真砂《まさご》は……いやこれは違う。……あの、百人一首に〝人食い〟というのがおまっしゃろ」

旦「〝人食い〟とはどうや。〝崇徳院《すとくいん》〟さんと違うか」

熊「そうそう、……あの歌はどない言います」

旦「どっちが尋ねてんのやわからんな。崇徳院さんなら〝瀬を早み岩にせかるる滝川の〟」

熊「そいつや、それそれ」

旦「割れても末……」

熊「おっとそれが書いてない。こうしてわざと下《しも》の句が書いてないところをみるとちゅうやつや。今日は本意《ほい》ないお別れをいたしますが、また末には嬉しゅうお目にかかれますようにという先様《さきさん》のお心かいなあと思うたら、わいもう恥かしながらフワー、……頭が上がらん、あんたの顔がいとはんに見える(と、顔をなでる)」

旦「これ、何をするねん」

熊「このお方をお嫁におもらい遊ばしたらご病気全快まちがいなしでごわす」

旦「おおきに、よう聞いてきてくれた、あんたは倅の命の恩人や。一人よりない倅、何はさておいてももろうてやりましょう。熊はん、あんた仲人《なこうど》というわけにもゆくまいが、ま、橋渡しじゃ、ひとつ先方《さき》さんへ掛け合うてもらうわけにはいかんか」

熊「へえ、……掛け合わんことはおまへんが、それがその、どこのお方やわからんとおっしゃる」

旦「わからん、と言うたかて日本人やろ」

熊「そら日本人ですわいな」

旦「日本人なら、これからすぐ大阪じゅう探しなはれ。大阪探してわからなんだら京都、京都でわからなんだら大津から名古屋、浜松、静岡、横浜、東京、今は日本国中縦横十文字に道がついたあるねん。これから探しに行きなはれ。これを首尾よう探し出してきてくれたら、このあいだ、お前《ま》はんに貸した金、あの証文《しょうもん》そっちへお返し申す。別に一時のお礼もさしてもらう。さあ早う……、なに、家へ帰って支度を、そんな暇はない。うちの倅、あんなり放《ほ》っといたら五日間もたんと言われてるねん、じきに行き。え、お腹《なか》が減《へ》ってるか、そらいかん。これこれ、熊五郎おなかがすいてるそうな、御飯ごしらえしてやっとおくれ。いや御膳《おぜん》も何も要らん、おひつのまま持ってきなはれ、お菜《かず》なんか何でもええ。沢庵《たくあん》一本洗うて……、切らいでもええ、その中へ放《ほ》り込んでこっちへ、あ、お清《きよ》、お前そのたすきはずしなはれ。この紐でおひつをこういうぐあいにくくって、さあ熊はん、これ首から掛けなはれ。必ず茶店へ寄ったり立ち止まったりして飯食うことならんぞ。歩きながら沢庵かじって飯食べながら探すのや。草鞋がそこにあるやろ。五足、かまへん。これを腰へくくりつけとくさかい、切れたらじきに履《は》き替えて、せえだい探しとおいで、わかったなあ。もっと尻《しり》からげ高うして、さあ、早よ行《いっ》とおいなはれ（と、ポンと背中をたたく）」

熊「そら何をするねん。……（両手でおひつを抱えた格好）こんな格好でどこへ行けるねん。……嬶《かか》、今戻《もど》った」

『上方落語 桂米朝コレクション3 愛憎模様』より 抜粋

解説

崇徳院（崇徳天皇）は、平安時代後期の天皇・上皇で、歌人として「瀬を早み　岩にせかるる　滝川の　われても末に　逢はむとぞ思ふ」の歌を小倉百人一首に残しています。この歌をネタにした落語が、桂米朝の「崇徳院」です。

落語は、戦国大名に仕えていた「御伽衆《おとぎしゅう》」という浄土宗の僧侶が、豊臣秀吉の前で「オチ」のつく「噺」をしたことからはじまったといわれています。

江戸時代中期になると、京都では露の五郎兵衛が、大阪では米沢彦八が道端で自作の噺を有料で聴かせる「辻咄」が起こります。その「かたり」の芸が現在の上方落語へと発展していったのでした。

落語では、情景を描くために扇子や手拭を使いますが、上方落語では見台・小拍子・膝隠しなどの小道具や、「はめもの」という音の演出が加わります。

『崇徳院』は上方古典落語の一つですが、今は東京でも口演されています。

商家の若旦那が大阪の高津宮で、美しい娘を見初めて恋わずらいに落ち、出入りの男が、崇徳院の歌だけを頼りに、その娘を探しに行くというお噺です。

男は女房から、歌の上の句を口に出しながら探すようにいわれ、風呂屋など人のあつまる町中を駆けずり回ります。そして、床屋で「瀬を早み……」といいながら休んでいると娘が見つかりそうになり、連れ帰ろうと揉めているうちに床屋の鏡を割ってしまいます。主人に「どうしてくれる」といわれ、「心配するな〝割れても末に買わんとぞ思う〟」とオチて終わります。

著者の三代目桂米朝は、いわずと知れた上方落語会の重鎮です。

現在ではあまり使われていない「船場言葉」と呼ばれる、古くから大阪にある「かたり」を身につけた、職人のような気質の落語家です。

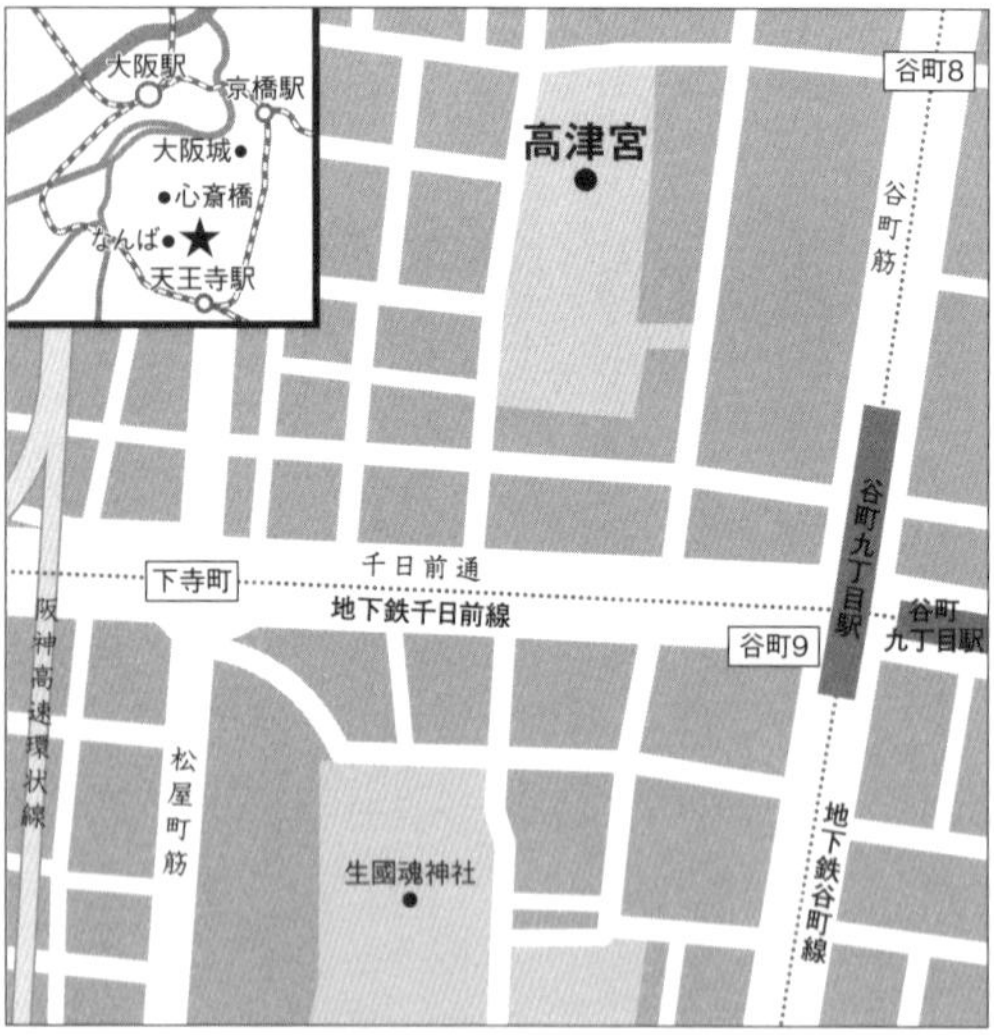

桂米朝

（かつら　べいちょう）1925～

現在の中華人民共和国大連市生まれの落語家。本名は中川清。大東文化学院（現大東文化大学）在学中に落語に出会う。中退後、落語愛好家であったが1947年に4代目桂米團治に入門し、3代目桂米朝を名乗る。その後上方落語に尽力し、1996年重要無形文化財保持者（人間国宝）として認定される。

『上方落語 桂米朝コレクション3 愛憎模様』
筑摩書房／2002年

あきんど

パーマ
やきいも
プー

がめつい奴

菊田一夫

お鹿　ええか、テコ。

テコ　うん。

お鹿　おばあちゃんが毎日一円宛《づつ》も払うて、お前におカラを買いにいかせるのは、中味のおカラを食べるのやけど、外包みのポリチリリンの袋を、こないして、梅干包むために集めるのやで。壺の中にお札を隠しといても、上に梅干をのせておけば、誰もその下にお札が入ってるとは思わへんやろ……そやけど、お札の上にいきなり、梅干をのせたんでは、お札がぐしゃぐしゃになってしまう。そやさかい、少しずつ梅干をポリチリリンの袋に分けて入れて、そしてお札の上にのせて隠すのや。そのポリチリリンの袋が破れたら、何もならへんやんかい……見てみい、この中のお札は、お札か紫蘇の葉か、判らんようになってしもうたやないかい……健太やお咲が帰ってきよるといかんさかい……お前も早よ、手伝い。

テコ　うん。

お鹿　おばあちゃんのすること見てて……ええか、お札を火にむけて……乾かすのやで……

テコ　うん……酢っぱい匂いするなあ。

お鹿　そんなことどうでもええさかい……こがしたり燃やしたりしたらえらい事やで……よう見ながら乾かすのやで……ええか。

テコ　うん。

お鹿　燃やしたら千円もするお札が一ぺんにないようになってしまうねんで。

テコ　おばあちゃん、千円て何や。

お鹿　千円は百円の十倍や……百円は十円の十倍や。

テコ　千円は百円の十倍か……えらい高いねんなあ。

お鹿　ええか……此処の縁の下の壺に、千円札が、こないようけ入ってるんを知ってるのは、おばあちゃんとテコだけや……お金が欲しうなっても、この中のお札を使うたろなどと思うてはいかんぞ。判ってるやろな……テコには、おばあちゃんが、十日目毎に一円づつやってるやろ。テコはおばあちゃんの家で御飯たべさせて貰うて、寝させて貰うてるねんさかい、ほんまは、何もやらんでええのやけど……十日目毎に一円もやってるねんさかいな、有難いと思わないかん。お金というもんは、唯寝てただけでは一文も手に入らへんねさかいな……判ってるか。

テコ　判ってる。

お鹿　それにテコは……紀州の水害で、お父ちゃんもお母ちゃんも死んでしもて、家もないし、親もない子になっていたんを、おばあちゃんがつれて帰ってきて、家の子にしてやったんや、忘れたらいかんで……おばあちゃんには恩があんねんで。

テコ　判っている。

お鹿　おばあちゃんは、世の中の誰も信用せえへん、自分の息子も娘も信用せえへん、そやけど、テコだけ……ただ一人……おばあちゃんは信用してるねんさかいその信用を裏切ってはいかん。

テコ　裏切らへん。
お鹿　人間はなあ、正直が一番や、人の物を盗むいうようなことは悪いこっちゃ、判ってるか……特に、特にやで……自分を信用してくれる人を裏切ってその人の物を盗むようなことは、人間の屑や……判ってるなあ。
テコ　判ってる。
お鹿　ただ判ってるではあかん……言うてみい。
テコ　自分を信用してくれる人の物を盗むいうようなことは人間の屑や。
お鹿　そやそや、その通りや……たとえばやで、あのホテルにいるような奴等はあれは皆、人間の屑や。ああいう連中が、お鹿婆さん、お金どこに隠してるか、教えてくれたらテコに百円やるいうようなことをいうても、教えたらあかんで、お前も悪い人間になるねんで。
テコ　教えへん。
お鹿　おばあちゃんは、テコだけを信用してるのやさかいな……テコだけに……このお札《さつ》の在り処を教えてるのや……盗んだらあかんで。

テコ　盗まへん。

お鹿　教えてもあかんで。

テコ　教えへん。

お鹿　大丈夫やろなあ、いくら言うても言い足らんわ。

テコ　おばあちゃん……うち拾うてくれた人やろ、うちおばあちゃん好きや。

お鹿　おばあちゃんがどんなに怒っても、好きか。

テコ　好きや。

お鹿　おばあちゃんが、おばあちゃんの財産テコになんぞやらへん言うても好きか。

テコ　好き……おばあちゃんは、テコを拾うてくれたから好きや。

お鹿　大きに……可愛い子やな、おばあちゃんもテコが好きや。おばあちゃんと仲好うしような。

テコ　うん。

お鹿　おばあちゃんを騙すのやないやろな。

テコ　騙さへん……あッ、おばあちゃん、お札が燃えてる。

お鹿　えッ！

お鹿の落した札の一枚が火に落ちて燃えている。

お鹿　あッ、燃えてる……えらいこっちゃ……半分になってしもうた。

テコ　半分は、この中にある。（と火鉢に手を入れようとする）

お鹿　あ、さわったらいかん……まだ千いう字が見えとる。灰のまま持って行けば銀行で代えてくれる、さわったらいかん。

と十能をとりに行く。

『菊田一夫戯曲選集１』より　抜粋

解説

『がめつい奴』は、菊田一夫が一九五九年の芸術祭主催公演用に書き下ろした四幕六場からなる長編の戯曲です。日本の戦後演劇史において、初めてのロングラン公演となった作品です。

物語は、大阪市の釜ヶ崎地区で釜ヶ崎荘という宿を経営するお鹿婆さんを主人公に、その息子の健太と、お鹿婆さんに拾われて育った孤児のテコを中心にして展開していきます。釜ヶ崎荘で暮らす人々の姿と、登場する人物に瞞《だま》されそうになりながらも、世間並みの暮らしをしようと奮闘するお鹿婆さんの日常生活が描かれています。

公演がはじまると、菊田戯曲の作りだす笑いと人情の世界がたちまち評判となりました。公演は一九五九年十月五日から翌年七月十七日まで東京・芸術座で上演され、その後も地方都市での公演が続きました。お鹿婆さんを演じた三益愛子と、孤児を演じた中山千夏が大変な人気となり、劇場は連日満員でした。

菊田一夫は『がめつい奴』で菊池寛賞を受賞し、三益愛子は芸術祭文部大臣賞とテアトロン賞を、共演の榎本健一もテアトロン賞を受賞しました。

「がめつい」という言葉は、昔からあった大阪弁ではなく、菊田一夫がつくった造語といわれています。「がめつい」は、舞台の評判が高くなるにつれ、流行欲深かったり、ケチだったりする人間のことをさす語となって全国に広まっていきました。

菊田一夫は、一九〇八年生まれで、養子に出されるなどして他人の手によって育てられ、少年時代には大阪の商人のもとで丁稚奉公をしていました。利益を得ることに積極的で抜け目がない、「がめつい」

商人のイメージは、そうした体験に基づいて描かれたものなのかもしれません。

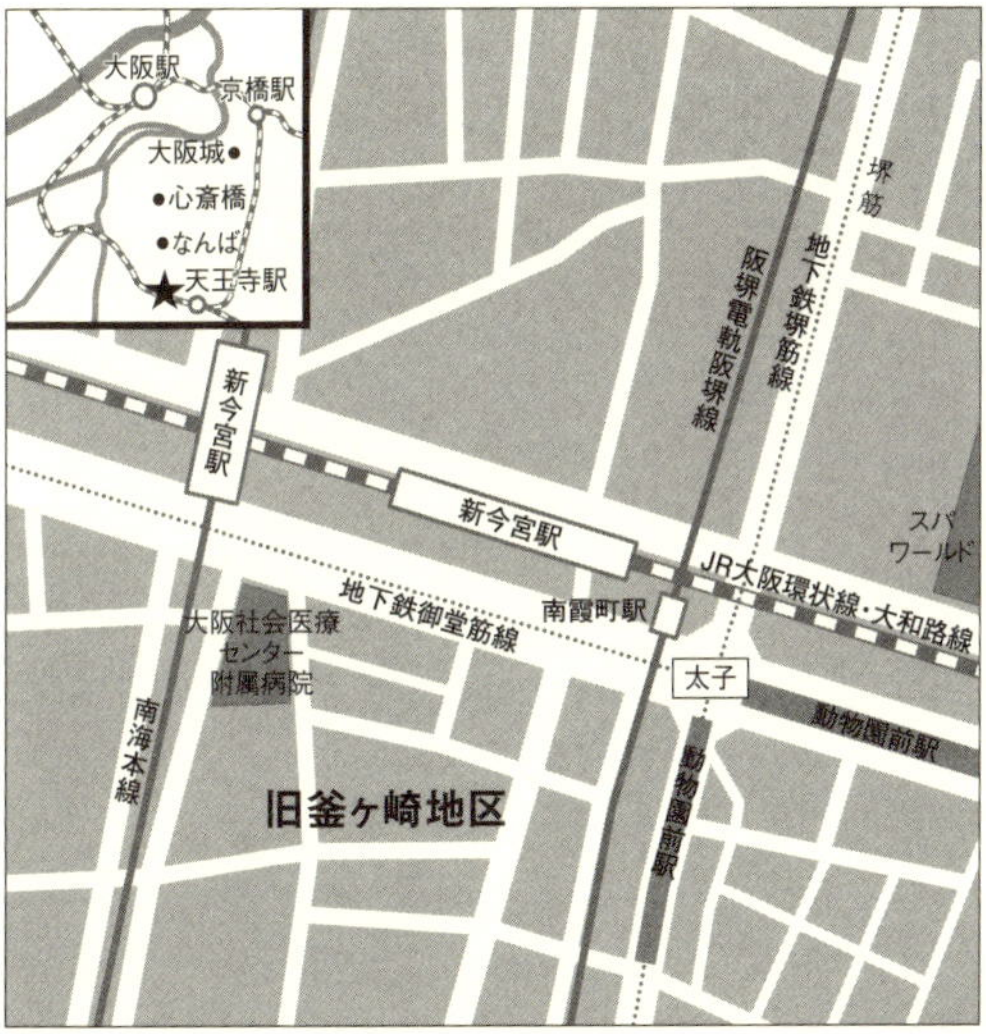

菊田一夫

（きくた　かずお）1908～1973

神奈川県横浜市生まれの劇作家・作詞家。サトウ・ハチローらと詩作を学び、古川緑波一座にオペレッタを提供する。1955年東宝取締役に就任し、制作、脚本、演出を担当した『がめつい奴』が、1960年に菊池寛賞を受賞する。主な作品には舞台『放浪記』や『終着駅』などがある。

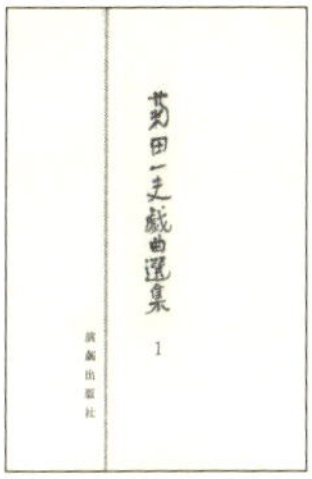

『菊田一夫戯曲選集 1』
演劇出版社／1965年

波風静かに神通丸

井原西鶴　訳注●堀切実

近代、泉州に唐金屋《からかねや》とて、金銀に有徳《うとく》なる人出来《でき》ぬ。世わたる大船《たいせん》をつくりて、その名を神通丸とて、三千七百石つみても足かろく、北国《ほつこく》の海を自在に乗りて、難波《なには》の入湊《いりみなと》に八木《はちぼく》の商売をして、次第に家栄えけるは、諸事につきて、その身調義《てうぎ》のよきゆゑぞかし。

惣《そう》じて北浜《きたばま》の米市《こめいち》は、日本第一の津なればこそ、一刻の間に五万貫目のたてり商《あきなひ》も有る事なり。その米は蔵々《くらぐら》に山をかさね、夕《ゆふべ》の嵐、朝《あした》の雨、日和《ひより》を見合せ、雲の立所《たちど》をかんがへ、夜《よ》のうちの思ひ入れにて、売る人有り、買ふ人有り。一分《ぶん》二分《ふん》をあらそひ、人の山をなし、互ひに面《おもて》を見知りたる人には、千石・万石の米をも売買《ばいばい》せしに、両人手打ちて後《のち》は、少しもこれに相違なかりき。世上《せじやう》に金銀の取りやりには、預《あづか》り手形に請判慥《うけはんたし》かに、「何時《なんどき》なりとも御用次第」と相定めし事さへ、その約束をのばし、出入《いでい》りになる事なりしに、空さだめなき雲を印《しるし》の契約をたがへず、その日切《ひぎり》に損徳をかまはず売買せしは、扶桑《ふさう》第一の大商人の、心も大腹中《だいふくちゆう》にして、それ程の世をわたるなる。

難波橋《なにはばし》より西、見渡しの百景、数千軒《すせんげん》の問丸《とひまる》、甍《いらか》をならべ、白土《しらつち》雪の曙《あけぼの》をうばふ。杉ばえの俵物《へうもの》、山もさながら動きて、人馬《じんば》に付けおくれば、大道轟《だいどうとどろ》き地雷《ぢらい》のごとし。上荷《うはに》・茶船《ちやぶね》かぎりもなく川浪《かはなみ》に浮びしは、秋の柳にことならず。米さしの先《さき》をあらそひ、若い者の勢ひ、虎臥《ふ》す竹の林と見え、大帳《だいちやう》雲を翻《ひるがへ》し、十露盤《そろばん》丸雪《あられ》をはしらせ、天秤二六時中《てんびんにろくじちゆう》の鐘にひびきまさつて、その家の風、暖簾《のうれん》吹きかへしぬ。商人《あきんど》あまた有るが中《なか》の島《しま》に、岡・肥前《ひぜん》屋・木屋・深江屋《ふかえや》・肥後屋《ひごや》・塩屋《しほや》・大塚屋・桑名屋《くはなや》・鴻池屋《こうのいけや》・紙屋・備前屋《びぜんや》・宇和島屋・塚口屋・淀屋《よどや》など、この所久しき分限《ぶげん》にして、商売やめて多く人を過ごしぬ。

昔、ここかしこのわたりにて、纔《わづか》なる人なども、その時にあうて旦那《だんな》様とよばれて、置頭《おきづ》巾《きん》・撞木杖《しゆもくづゑ》・替草履《かへざうり》取るも、これ皆、大和《やまと》・河内《かはち》・津の国・和泉《いづみ》近在の物つくりせし人の子供、惣領《さうりやう》残して、末々《すゑずゑ》をでつち奉公に遣《つか》はし置き、鼻垂れて、手足の土気《つちけ》おちざるうちは、豆腐・花柚《はなゆ》の小買物《こがひもの》につかはれしが、お仕着《しきせ》二つ、三つ年《とし》を重ねけるに、定紋《ぢやうもん》をあらため、髪の結振《ゆひぶり》を吟味仕出《しだ》し、風俗も人のやうになるにしたがひ、供《とも》ばやし・能《のう》・舟遊びにも召しつれられ、行く水に数かく砂手習《すなてならひ》、地算《ちざん》も子守の片手に置き習ひ、いつとなく角前髪《すみまへがみ》より銀取《かねと》りの袋をかたげ、次第おくりの手代《てだい》ぶんになつて、見るを見まねに自分商《じぶんあきなひ》を仕掛け、利徳はだまりて、損は親方にかづけ、肝心《かんじん》の身を持つ時、親・請人《うけにん》に難儀をかけ、遣《つか》ひ捨てし金銀の出所《でどころ》なく、そのなりけりに内証曖《あつか》ひ済《す》みて、荷《にな》ひ商《あきなひ》の身の行末《ゆくすゑ》、幾人《いくたり》かかぎりなし。おのれが性根《しやうね》によつて、長者にもなる事ぞかし。惣《そう》じて大坂の手前よろしき人、代々つづきしにはあらず。大《おほ》かたは吉蔵《きちざう》・三助がなりあがり、銀持《かねもち》になり、その時を得て、詩歌《しいか》・鞠《まり》・楊弓《やうきやう》・琴・笛・鼓《つづみ》・香会《かうくわい》・茶の湯も、おのづからに覚えてよき人付合《ひとづきあ》ひ、昔の片言《かたこと》もうさりぬ。兎角《とかく》に人はならはせ、公家《くげ》のおとし子、作《つく》り花《ばな》して売るまじき物にもあらず。

●現代訳

近ごろ、泉州(和泉国)に唐金《からかね》屋といって、金銀に豊かな人が出現した。渡世のために大船を造って、その名を神通丸《じんづうまる》と名づけ、三千七百石《こく》積んでも船足が軽く、北国の海を自由自在に乗りまわして、難波《なにわ》の港に北国米を運んで商売し、しだいに家が栄えたのは、万事につけてこの男のやりくりが上手だからである。

そもそも北浜《きたばま》の米市場は、大坂が日本一の港であればこそ、二時間ぐらいの間に銀五万貫目の立会《たちあ》いの取引もできるのである。その米は蔵々に俵の山と積み重ねられ、商人たちは夕べの嵐につけ朝《あした》の雨につけ、気をくばり、日和《ひより》を見合わせ、雲の様子を考え、前夜のうちの相場の予想によって売る人もあり、買う人もある。一石《こく》について一分《ぶん》・二分《ふん》の相場の高低をあらそい、人が山のように集まり、互いに顔を見知った人には、千石・万石の米をも取引するのだが、いったん、二人が契約の手打ちをした後は、すこしもこれに違反することがない。世間で金銀の貸借をする場合には、借用証書に保証人の印判まではっきりと捺《お》して、「いつでも御用があり次第に返済いたします」などと定めたことでさえ、その約束の期限を延ばして、訴訟沙汰になることがあるのに、この米市場では、定めない空模様をあてにしての契約をたがえず、その約束の日限《にちげん》どおりに損得をかまわず取引をすますのは、さすがに日本一の大商人の太っ腹を示すものであり、またそれだけの派手な世渡りをしているのである。

難波橋《なにわばし》から西を見渡した風景はさまざまにひろがっており、数千軒の問屋が棟をならべ、蔵の白壁は雪の曙以上に白く輝き、杉の木の形に積み上げた俵は、あたかも山がそのまま動くかのようにして馬に積んで運ぶと、大道は轟き、地雷が破裂したかのようである。上荷船《うわにぶね》や茶船が数限りもなく川波に浮かんでいるさまは、まるで秋の柳の枯葉が水前に散らばっているようである。米刺《こめさし》の竹の先をふりまわしながら先を争って米を検査してまわる若い者の威勢のよさは、まるで虎の臥《ふ》す竹林のように見え、大福帳の紙をめくるさまは白雲の翻《ひるがえ》るようであり、算盤をはじく音は霰《あられ》のたばしるようである。天秤の針口《はりくち》をたたく音は昼夜十二の時を告げる鐘の響きにもまさり、家々の暖簾《のれん》は風に翻って、その繁昌を示している。商人が大勢いる中に、中の島の岡・肥前屋・木《き》屋・深江屋・肥後屋・塩屋・大塚屋・桑名屋・鴻池《こうのいけ》屋・紙屋・備前《びぜん》屋・宇和島屋・塚口屋・淀屋などが、この土地に久しく住んでいる分限者《ぶげんしゃ》（金持）で、表向きの商売はやめて、金融業などで、多くの使用人をかかえて、豊かに暮らしている。

昔、あちこちに住んでいたわずかな身代の人たちも、うまく出世すれば旦那様と呼ばれて、置頭巾《おきずきん》に撞木杖《しゅもくづえ》、はき替えの草履《ぞうり》取りをお供に持たせて歩くような身分にもなるが、これらは皆大和《やまと》・河内《かわち》・摂津《せっつ》・和泉《いずみ》近在の百姓の子たちである。それらの農家では、長男を家に残して、次男以下を丁稚奉公《でっちぼうこう》に出すのであるが、鼻垂《た》れて手足の泥くささが抜けないうちは、豆腐《とうふ》・花柚《はなゆ》などの小買物に使い走りさせられるが、お仕着せの二、三枚もいただいて年をかさねてゆくと、自分の定紋をつけるようになり、髪の結い方を吟味しはじめ、風采も人並になるにつれて、主人の供をおおせつかり、能や舟遊びにも召連れられ、「行く水に数かく」と古歌にもあるとおり、砂で手習いして字も覚え、足し算引き算も子守の片手間に算盤《そろばん》を置いて習い、いつのまにか角前髪《すみまえがみ》の年ごろとなってからは、掛取《かけと》りの銀袋《かねぶくろ》をかついで出歩き、やがて順おくりの手代《てだい》見習いの身分になると、見よう見まねで主人に内緒の商売をたくらみ、儲けはだまって懐に入れ、損は主人にかぶらせ、肝心の身を固める時になってそれがばれ、親や保証人に迷惑をかけ、使い込みを弁償しようにも金銀の出所《でどころ》がなく、結局はそのまま示談で片がついて、行く末はしがない行商人の身の上となる者が、何人いるか数え切れない。とかく人間はおのれの性根によって、おちぶれもすれば長者にもなれるのである。いったいに大坂の金持は、代々続いているのではない。おおかたは吉蔵や三助と呼ばれた丁稚《でっち》が成り上がって金持になり、羽振りがよくなって、詩歌《しいか》・鞠《まり》・楊弓《ようきゅう》・琴・笛・鼓・香の会・茶の湯も自然と覚えて、上流の人ともつきあうようになり、昔の田舎訛りも失くなってしまうのである。とかく人は境遇次第であり、公卿《くげ》の御落胤《ごらくいん》でもおちぶれて、造り花をして売るようにならないでもないのである。

『新版 日本永代蔵』より 抜粋

解説

『日本永代蔵』の作者、井原西鶴は、一六四二年に大坂の裕福な商家に生まれ、十五歳のころから俳諧に親しみ、談林派・西山宗因に学んだ俳人として出発しました。西鶴は、一人で一日に千句詠む「独吟一日千句」を、妻を亡くした追善で成し遂げて有名になります。その後、一六八二年に好色物といわれる読み物『好色一代男』を出発点に、武家物の『武道伝来記』、町人物の『世間胸算用』、雑話物の『西鶴諸国ばなし』といった浮世草子の刊行を続けていきました。

浮世草子とは、元禄期に大坂を中心に流行した読み物で、これまでに扱われてこなかった町人の日常などを主題にして多くの作品が書かれました。好景気に沸いた元禄期の経済や社会の様相と、そこに生きる町人の変転する運命が描かれています。

浮世には、世間一般という意味を超えて、色事や好色といった意味も含まれていました。京都の八文字屋から出版された浮世草子は「八文字屋本」と呼ばれ、十八世紀の中頃まで盛んに刊行されました。

『日本永代蔵』は、一六八八年の正月に出版された、町人物の浮世草子で、副題を「大福新長者教」とした全六巻・各巻五章・合計三十章の短編集です。

「波風静かに神通丸」は、その中の一編です。

神通丸という三千七百石船を操る唐金屋は、北国から米を海路で大坂・北浜の米市場へと運んで商売し、大いに栄えていました。難波橋から見ると、一帯には問屋が建ち並び、白壁の家並みが連なっていました。その北浜で暮らす老女の息子が、こぼれた米市場の米を拾い集めて、後にその才覚を発揮して小金貸し業を創業し、両替屋へとのし上がり、成功して大金持ちの商人になったという話です。

『日本永代蔵』に書かれた話の数々は、江戸時代には商人の商売を指南する、今でいうビジネス書として読まれ、本はベストセラーとなったのでした。

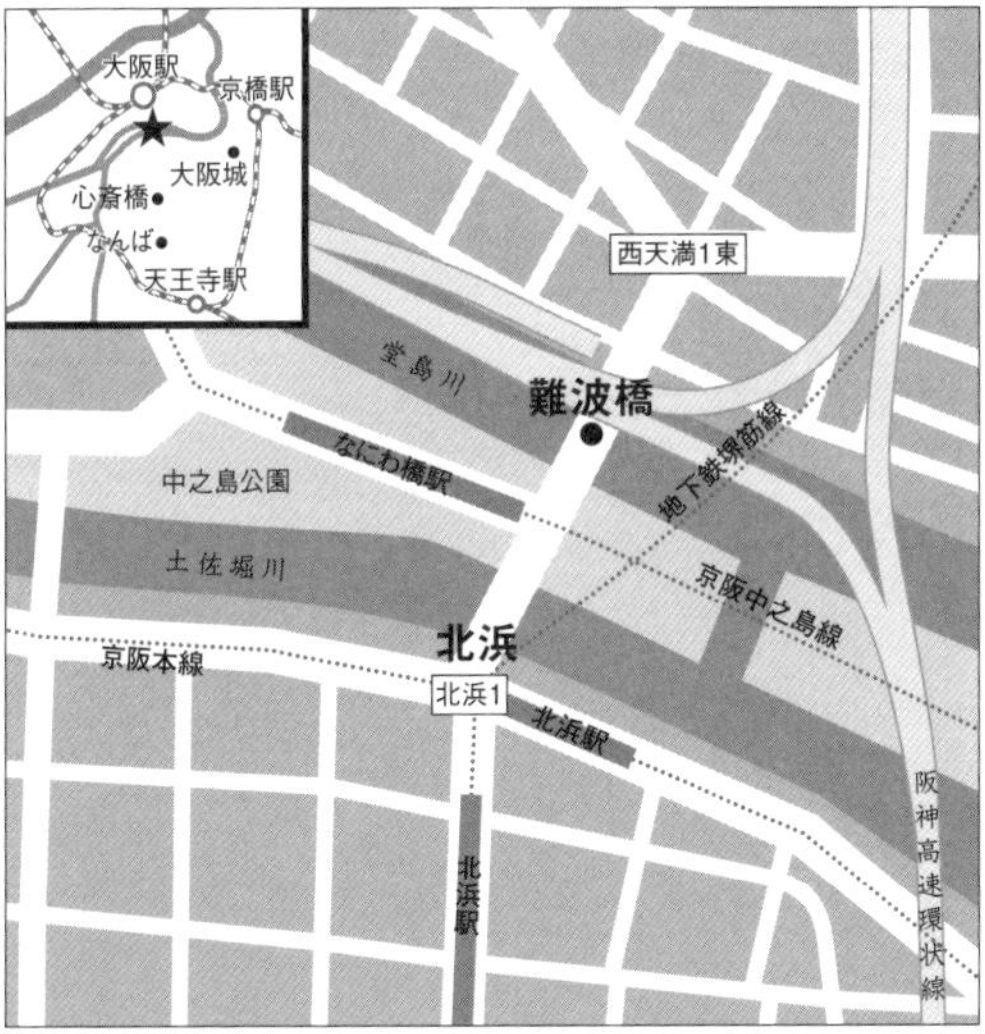

井原西鶴

(いはら　さいかく) 1642〜1693

現在の大阪府大阪市生まれの俳人・浮世草子作家。裕福な商家に生まれる。15歳から誹諧を学ぶ。俳風は世俗の人情や生活に根ざしたもので、速吟を得意とした。1682年には浮世草子最初の作品となる『好色一代男』を刊行。続いて『好色五人女』『日本永代蔵』などの傑作を発表した。

『新版 日本永代蔵 現代語訳付き』
角川ソフィア文庫／2009年

船場狂い

山崎豊子

　久女《くめ》は、自分の眼の前を流れている長堀川をゆっくり渡りかけた。橋下の鈍色《にびいろ》に澱《よど》んだ川面には、藁《わら》しべや卵の殻が浮かび、秋の陽の光が、薄い影を落している。

　この長堀川を隔てて北向うが、船場《せんば》といわれる大阪の富商の集まる街であった。船場は、長堀川、西横堀川、土佐堀川、東横堀川によって、額縁のように取り囲まれた四角な地帯で、隣接している街とは、おのおの橋で往来するようになっている。この四つの川は、いずれも五間そこそこの川幅をもった、何の変哲もない街中《まちなか》の川に過ぎなかったが、久女にとっては、いつも自分を、遠いところへ押しやってしまうとてつもない広い川筋に見えた。

　五十四歳の久女は、この川筋に懸《かか》った橋を渡って、船場へ移り住み、御寮人《ごりょうん》さん（奥さん）御家《おえ》はん（女隠居）と呼ばれてみることが、生涯の念願であった。

そんな久女は、着物の着方にまで船場風を心得て、更衣《ころもがえ》のしきたりをきちんと守っていた。船場では、気温の寒暖にかかわらず、四月一日から男女ともに袷《あわせ》になり、外出には必ず袷長《なが》襦袢《じゅばん》と袷羽織を着用する。六月一日からは単衣《ひとえ》になり、菖蒲《しょうぶ》節句から帷子《かたびら》、麻長襦袢、絽《ろ》羽織、浴衣《ゆかた》は六月十五日から、七月一日から薄物、紗《しゃ》の羽織、九月から単衣、十月から袷という更衣のしきたりがある。これを少しでも間違えると、世間から、みっともないとうしろ指をさされるが、久女は、そんなところにまで気を配って、季節の変り目ごとに寸分違えず、船場流の更衣をして、お茶のお稽古《けいこ》に通っていた。

お茶のお稽古も、格別にお茶が好きだったのではない。本町四丁目の裏千家のお稽古場は、場所柄、船場の御寮人さんが沢山集まっているから、ここで御寮人さんたちと近付きになるのが、久女の目当であった。

久女は、地味で目だたないが金目のかかった着物を着て、それだけの気持の余裕をもった上で、いつも御寮人さんたちのお道具自慢の聞き役に廻っていた。

「へえ――、また、ええお道具買いはりましたんでっか」

「さよだす、うちの旦那《だんな》はんが、えろうお道具に凝りはりまんので、今度、新しいお茶室を作りましたついでに、ちょっと出もの買うただけでござりまんねん」

「出もの云いはっても、紅葉呉器《もみじごき》のお茶碗《ちゃわん》やったら、なかなかわてらでは簡単に拝めもしまへん、是非のこと、近いうちに、お道具拝見させておくれやす」

こう持ちかけて、いつの間にか、船場の良家《ええし》へ出入りするようになった。

この日は、新しくお稽古場へ通って来る鋳物問屋の御寮人さんの紹介があった。順慶町四丁目の兼松鋳物の御寮人さんで、三ヵ月ほど前に、後妻に嫁《とつ》いで来たばかりであったが、姑《しゅうとめ》は既に亡《な》くなり、舅《しゅうと》だけのせいか、嫁入り早々に、お茶のお稽古に来られる結構な立場であった。

面長の白い顔に、鼻筋が刃もののように薄っすり高く、眼尻《めじり》がつり上っていたので、白狐《びゃっこ》のような感じがした。着物は小浜縮緬《こはまちりめん》の袷に丸帯を胸高に締め、三つ紋付きの羽織という、まるで嬢《いと》はんのように着飾った装いであった。これが古顔の御寮人さんや御家はんたちの反感をかったらしく、最初から除《の》け者扱いにされていた。八畳ほどの待合処《どころ》に、五、六人がお点前《てまえ》の順番を待ち、自分の番が来ると、銘々の人に、

「お先ぃさんでござります」

と、丁寧にことわったが、誰も兼松の御寮人さんには、挨拶《あいさつ》をかけなかった。

久女も、はじめのうちは、この三十五、六歳になったような御寮人さんを、皆と同じように除け者にしていたが、兼松鋳物問屋――順慶町四丁目――船場有数の商家――、こう胸の中に思いあたると、俄《にわ》かに席をたった。

用もないのに厠《かわや》へたって、小用をすましたような振りをして、帰って来た時は、坐り場所を変えて兼松の御寮人さんの横へ坐った。そして、そっと膝《ひざ》をにじり寄らせて、辺りをはばかりながら、

「御寮人さん、おはじめて、わては小間物問屋を商いしとります円山だす、どうぞ、まあお楽に――」

と、古参らしい労《いたわ》りを見せた。

「いいえ、わてこそ、つい御挨拶が行き届きまへんと、すんまへん、どうぞ、お宜《よろ》しゅうしておくなはれ」

近付きの挨拶を返しながら、御寮人さんは、素早く久女の着物に目をあてた。

久女は、船場風の作法によって、秋ぐちの衣裳《いしょう》として、紋織の着物に、黒縮緬の袷羽織を重ね、繻珍《しゅちん》の帯を締めていた。この作法にかなった久女の衣裳を見るなり、御寮人さんは、

急に親しげな眼つきになり、嫁いで来たばかりの主人のことから、店の商い、先妻の残した二人の子供の話まで喋《しゃべ》ったあげく、久女の顔をのぞき込むようにして、

「もし、お急《せ》きやおまへんでしたら、ご一緒に参じとおます」

連れだって帰ることを、誘いかけた。

お点前をすまして、お稽古場の玄関先に出ると、兼松鋳物の女中と丁稚《でっち》が、供待部屋《ともまちべや》で待っていた。女中は上女中らしく銘仙《めいせん》の着物を着て、丁稚は丁稚縞《じま》の木綿の着物に紺の前垂れをつけ、一眼で老舗《しにせ》の奉公人衆とわかる装《なり》をしていた。

「お待っとうさん」

鷹揚《おうよう》に犒《ねぎら》いながら、御寮人さんは女中の揃《そろ》えた畳表の下駄を履《は》き、袱紗《ふくさ》やはき替えの足袋を入れた風呂敷包みは丁稚に持たせた。

本町四丁目から、問屋筋のたち並ぶ渡辺橋筋に沿って南へ向かった。兼松の御寮人さんと久女が肩を並べて先にたち、五、六歩離れて、女中と丁稚が随《つ》いて来たが、女中と丁稚は、金物問屋の前へ来ると、きまって足を停《と》め、

「今日は、毎度おおきに――」

と挨拶して通った。同業者に対する船場の作法であったが、久女はそんな背後の動きが気になって落ちつかなかった。兼松の御寮人さんは、まだ話し足りないらしく、ゆっくり歩きながら世間話をし、順慶町の辺りまで来ると、足を停めた。

「本日は、えらいご親切にお引き廻してくれはりまして、おおきに、わてとこ、ついそこでござりまんねん」

順慶町四丁目の角から、四、五軒、東へ入ったところを指さした。五間間口の店構えの屋根の上には、古木に『兼松』と大きく記《しる》した看板が掲げられている。表の大阪格子を通して、忙しくたち働いている店内の模様がのぞかれ、店先で四、五人の丁稚が荒縄で荷作りをしていた。

「あ、そうでっか、ほんなら、わてはここでご免やす」

久女が小腰を屈《かが》めて挨拶しかけると、

「あんさんも、すぐそこの佐野屋橋でっしゃろ、わてとこのお竹どんにお店先まで、お送りさせまっけど、佐野屋橋の何丁目ぐらいでっか」

うしろの女中の方へ振り返って、行き届いた気の遣い方をした。

「いいえ、結構だす、わてとこは、佐野屋橋を渡って、向う側の南へ入ったとこだすよって」

「へえ、ほんなら、橋向うの鰻谷西之町《うなぎだに》でっか――」

こう云うなり、急に狐《きつね》のような白い顔を、冷たく権高《けんだか》に構え、

「お先ぃだす、さいなら、ご免やす」

ついと背中をみせ、女中と丁稚を促すようにして、順慶町の角を曲って行った。

久女は、佐野屋橋を渡ってから、橋際に佇《たたず》んでいた。たった五間幅ほどの澱んだ何の変哲もない川筋が、船場という大阪の尊大な街を形造っている。久女は佐野屋橋の手すりに手をつき、五十を過ぎてから急に白髪の殖《ふ》えた頭を振るようにして、大きな吐息をついた。腹だたしい奇妙な気持だった。いつも船場という尊大な街から足蹴《あしげ》のようにされながら、かえってそれが、船場への強い執着になって行った。

久女は、今までも、同じような思いを何度か経験したことがある。


『山崎豊子全集1　暖簾　花のれん』より　抜粋

解説

大坂の町は、古くは「難波長柄豊碕宮《なにわのながらのとよさきのみや》」や「住吉津《すみのえつ》」「難波津《なにわづ》」を起源とする港湾都市でした。

一四九六年に浄土真宗の僧蓮如《れんにょ》が大坂と呼んだ一帯は、かつては浪速（難波・浪花・浪華）と呼ばれていました。しかし、蓮如が現在の大阪城域に大坂御坊・石山本願寺を建てて勢力を周辺に拡大するにつれて、「大坂」という呼称が定着していきました。

江戸時代になると、現在の大阪市中央部が町域として拡大しました。その中心地として繁栄したのが船場です。鴻池、加島屋、天王寺屋、平野屋、三井などの両替屋や、呉服屋が軒を並べ、適塾や懐徳堂などの学問の施設もありました。そのため、ただの商業地というだけではなく、気位の高い「あきんど」たちが集まったのでした。ここで生まれた「船場言葉」は、大阪弁を代表するかたりの一つです。

『船場狂い』は、その船場の川向こうにある堂島に生まれ、船場に強い憧れを持つ久女という女性を主人公にした短編です。

主人公の久女は、一つの望みを持っていました。それは、憧れの船場に住み、御寮人さん御家はんと呼ばれることでした。久女は、そのために船場風の着付けを守り、船場言葉を使い、船場の御寮人さんが通う裏千家の茶の湯を習って、良家との縁を結ぼうと執念を燃やしてきました。娘の結婚を契機にようやく船場商人へとのし上がった久女と、戦後を迎えて激しく変貌していく船場の町と商人の世界とを、物語は描いています。

船場という地名は、大坂城下の船着き場であったことに由来する説にはじまり、諸説あります。軍馬を洗っていた「洗場」、戦が行われた「戦場」などに由来する説、当時の入り組んだ海岸線を表した「千波（仙波）」から転訛《てんか》した説など、さまざまです。

船場は、今では大阪府大阪市中央区の地域名として使われていて、業務地区として栄えています。

山崎豊子

（やまさき　とよこ）1924〜

大阪府大阪市生まれの小説家。京都女子大学卒業後、毎日新聞社学芸部に勤務する傍で小説を書き始める。1957年『暖簾』で作家デビュー。翌年『花のれん』で直木賞を受賞。以降『白い巨塔』『大地の子』『不毛地帯』『沈まぬ太陽』など、ベストセラー作品を発表し続けている。

『山崎豊子全集 1　暖簾　花のれん』
新潮社／2003年

くらし

タコにのったお地蔵さん

［民話］ 再話●万代博史《まんだいひろし》

泉州《せんしゅう》、岸和田《きしわだ》(いまの岸和田市《きしわだし》)には、日本一大きな地蔵堂《じぞうどう》のある天性寺《てんしょうじ》ていうお寺《てら》があるんやけど、だれも天性寺とはよべへん。みんな、タコ地蔵《じぞう》、タコ地蔵《じぞう》てよぶんや。なんでこのお寺《てら》が、タコ地蔵《じぞう》てよばれるようになったんかいうと、つぎのような話《はなし》が、つたわっておるんや。

ずっとむかしのことやけど、岸和田《きしわだ》の浜《はま》に、いままでだれも見たことがないような、大きな津波《つなみ》がおそうてきたんや。

ある冬《ふゆ》の朝《あさ》のこと、とつぜん空がくもって、雨がふりだしたかとおもうまに、沖《おき》から大きな波《なみ》が、あれくるうて、おしよせてくるやないか。

津波《つなみ》は、町でもひときわたかくそびえる岸和田城《きしわだじょう》を、のみこまんばかりのいきおいで、山のようにせまってきたんや。

あまりのことに、おどろいてすわりこんでしまうもの、わけもわからずはしりまわるもの、だれもが、気がくるうてしもうたような大さわぎになった。ゴウゴウと地《じ》なりがして、海《うみ》の底《そこ》の大岩《おおいわ》がふっとんでくる。もう、にげだすひまもあらへん。いつ波《なみ》にのまれるか、いつ沖《おき》にさらわれるかと、町の人たちが、むちゅうで、あたりのものにしがみついて、おろおろしてると、やがてなん十丈《じょう》もある、かべのようにたかい波《なみ》が、ドドーッとおしよせてきたんや。

もう、あかん……と、みんなは目をつむった。いまにも、ザザーンと、沖《おき》まではこばれてしまうんやと、かくごをきめておったんや。ところがや、ふしぎなことに、地《じ》なりの音《おと》が、きゅうにぱったりやんでしもうた。そのうえ、いつまでたっても、津波《つなみ》は、おしよせてこんのや。

おそるおそる目をあけてみると、そこには、いつもの青い海《うみ》が、ひろがってるだけや。けど、その青い海《うみ》の上に、なにやらおかしなかたちのものが、うかんでるやないか。よくよく見ると、それは大きなタコに、お地蔵《じぞう》はんが、のっとられるんや。それが波《なみ》にゆられてゆらりゆらりと、浜《はま》のほうへながされてくる。きっと、このお地蔵《じぞう》はんが、津波《つなみ》から岸和田《きしわだ》を、まもってくれたんやいうて、みんな、おもわず手をあわせたそうや。

浜《はま》にひきあげられたお地蔵《じぞう》はんは、町にはこばれた。そこで、町をまもってくれたお地蔵《じぞう》はんやから、みんなで、だいじにおまつりしよう、ということになったんや。ところが、このことをつたえきいたお城《しろ》の殿《との》さんが、そんなありがたいお地蔵《じぞう》はんなら、ぜひ、お城《しろ》におまつりしたいいうて、お城《しろ》にはこんでいってしもたんや。

それでも、はじめのうちは、町の人たちも、お殿《との》さんにおねがいして、お城《しろ》にいっておまいりさせてもろてたんやけど、それもめんどうでなあ。そのうちに、まいる人ものうなって、ながいあいだには、そのゆくえさえ、わからんようになってしもたそうや。

ところが、それから二百五十年ほどもたったころ、また、岸和田《きしわだ》の町に、おそろしいことがおこったんや。こんどは津波《つなみ》やのうて、紀州《きしゅう》(いまの和歌山県)の根来《ねごろ》や雑賀《さいが》の軍《ぐん》ぜいが、織田《おだ》信長《のぶなが》をやっつけようと、大阪《おおさか》にむけて、せめのぼってきたんや。岸和田《きしわだ》は、ちょうどそのとおり道《みち》にあたっとった。根来《ねごろ》や雑賀《さいが》の衆《しゅう》いうたら、いさましいことで知《し》られてる。そのいきおいをとめられるものは、だれもおらんかった。とちゅうの町や城《しろ》をせめつぶしながら、大阪《おおさか》へとむかってきた軍《ぐん》ぜいは、ついに岸和田《きしわだ》にもせまり、城《しろ》をとおまきにとりかこんでしまいよった。

このころ、岸和田《きしわだ》の城《しろ》には、鬼肥前《おにひぜん》ていわれた松浦肥前守《まつうらひぜんのかみ》いう、つよい殿《との》さんがおって、城《しろ》をまもってはったんやけど、いきおいにのった紀州《きしゅう》の大軍《たいぐん》をあいてにしては、どんなまもりも、つうじん。

人数《にんずう》もすくない松浦軍《まつうらぐん》は、ついに城《しろ》の中におしつめられて、落城寸前《らくじょうすんぜん》になったんや。そのときや。海《うみ》が大きなうなり声《ごえ》をあげたかと見るまに、大きなタコにのった坊《ぼん》さんがあらわれて、身《み》のたけよりながいつえをふりまわしながら、根来《ねごろ》や雑賀《さいが》の軍《ぐん》に、たちむかっていったんや。

このあまりにもふしぎなできごとに、敵《てき》はおどろいて、れつをくずしてにげまわった。たがいにぶつかったり、ふみつぶされたり、えらいさわぎや。けど、そのうちに、たちむかってくるのが、坊《ぼん》さんひとりだと知《し》ると、敵《てき》は軍《ぐん》ぜいをととのえて、ふたたびおしよせ、坊《ぼん》さんをとりかこみ、四方八方《しほうはっぽう》からせめたてたんや。これには、さすがの坊《ぼん》さんも、どうしようもあらへん。もうちょっとで、うちまかされるいうまでになったんや。

そのとき、またまたふしぎなことが、おこってな。大地《だいち》がさけるほどの海《うみ》なりがしたかとおもうと、なん百、なん千という大ダコ、小ダコが、ぞろぞろ、ぞろぞろと、海《うみ》から、ぎょうさんあらわれて、根来《ねごろ》や雑賀《さいが》の衆《しゅう》に、毒気《どくけ》のまじったすみをふきかけたり、からみついたりして、さんざんにくるしめたんやと。

このおもいがけないみかたの出現《しゅつげん》にゆうきづけられた松浦軍《まつうらぐん》は、いっきに城《しろ》をでてせめこんで、ついに紀州《きしゅう》の軍《ぐん》を、おいかえしてしもた。

こうして、坊《ぼん》さんとタコのおかげで、殿《との》さんは城《しろ》をとられずにすんだんやけど、その後《ご》、坊《ぼん》さんがどうしはったか、タコがどうなったんか、見とったものは、だれもおらんかった。たたかいがおわってから、みんなでさがしまわったんやけど、坊《ぼん》さんはおろか、なん千、なん万《まん》とおったはずのタコのすがたさえ、みんなきえてしもて、どこにも見あたらなんだ。

ところが、それからなん日かたって、殿《との》さんのゆめの中に、水の中でもがきくるしんでる坊《ぼん》さんが、でてきはるようになったんや。そこで、殿《との》さんのめいれいで、みんなで海《うみ》の中やら、池《いけ》の中やらをさがしてみると、お城《しろ》のほりのどろの中から、一体《たい》のお地蔵《じぞう》はんが、でてきたんや。

ようしらべてみると、これは、むかし津波《つなみ》から町をすくうてくれたお地蔵《じぞう》はんやいうことがわかった。こんども、きっとこのお地蔵《じぞう》はんが坊《ぼん》さんにすがたをかえ、タコをしたがえて、岸《きし》和田《わだ》の町をまもってくれたんやいうて、お城《しろ》の中に、たいせつにおまつりすることにしたんや。二ども岸和田《きしわだ》をすくうてくれたありがたいお地蔵《じぞう》はんやいうんで、お城《しろ》にまつられたお地蔵《じぞう》はんを、おがみたいいう人が、あとあとまでようけおるさかいに、とうとう、天性寺《てんしょうじ》の坊《ぼん》さんが、お殿《との》さんにおねがいして、お地蔵《じぞう》はんをもろうてきて、りっぱな地蔵堂《じぞうどう》におまつりしたんや。

このお地蔵《じぞう》はんは、タコにのってあらわれはったいうんで、みんなは、このお地蔵《じぞう》はんを〈タコ地蔵《じぞう》〉て、いうようになったんや。

そのうちに、タコ地蔵《じぞう》におまいりすると、どんな病気《びょうき》でもなおる、いうて、おまいりする人がたえず、門前《もんぜん》には、くすり屋《や》などがのきをならべ、縁日《えんにち》がたつにぎわいをみせるようになったんや。

いまでも、おおぜいの人が、タコ地蔵《じぞう》におまいりしておるが、このお寺《てら》におまいりする人は、「タコだち」いうて、「タコはたべへんさかい、ねがいごとをきいておくんなはれ。」いうて、願《がん》かけをするんやて。

『大阪府の民話』より

解説

日本の各地には、その土地で暮らしている人々の歴史・自然・生活・風土・文化などに根ざした民話があります。大阪の民話の一つ、『タコにのったお地蔵さん』も、大阪の歴史や自然環境などを舞台にしています。

大阪の特色の一つは、広く海に接していることでしょう。その海に向かって、たくさんの河川が流れ込んでいます。河川は、長い間国の都だった京都や琵琶湖とも繋がり、大量の物資を運ぶ運河として大阪の「くらし」を支えてきました。また、海は海外との貿易を担う窓口として、多くの富や文化を大阪にもたらしてきました。

しかし河川や海は、ときに人々からあらゆるものを奪ってしまう、凶暴な姿に変貌します。

『タコにのったお地蔵さん』には、津波に襲われたときの恐ろしさが語られています。海は津波となり、人を襲うこともあるという、忘れてはならない教訓をこの民話は伝え残しているのではないでしょうか。

「岸和田」という地名は、一三三四年、楠木正成の一族である和田高家が、この地に入ったことに由来しています。津波が起こり、タコの背に乗ったお地蔵さんが現れたのもこのころです。

現在そのお地蔵さんは、大阪府岸和田市の天性寺に秘仏の蛸地蔵尊として祀られ、毎年八月二十三日、二十四日の「千日大法会」にご開帳されています。

お寺の境内には、物語を記した石碑も立っていますが、その内容は引用した民話と多少異なります。津波の話が書かれていなかったり、城を守っていた武将が松浦肥前守ではなく、中村一氏と書かれていたりします。

天性寺は南海本線・蛸地蔵駅から徒歩十分の場所にあります。蛸地蔵駅の駅舎では、タコが敵の軍勢を追い払う様子が描かれた、ユニークなステンドグラスを見ることができます。

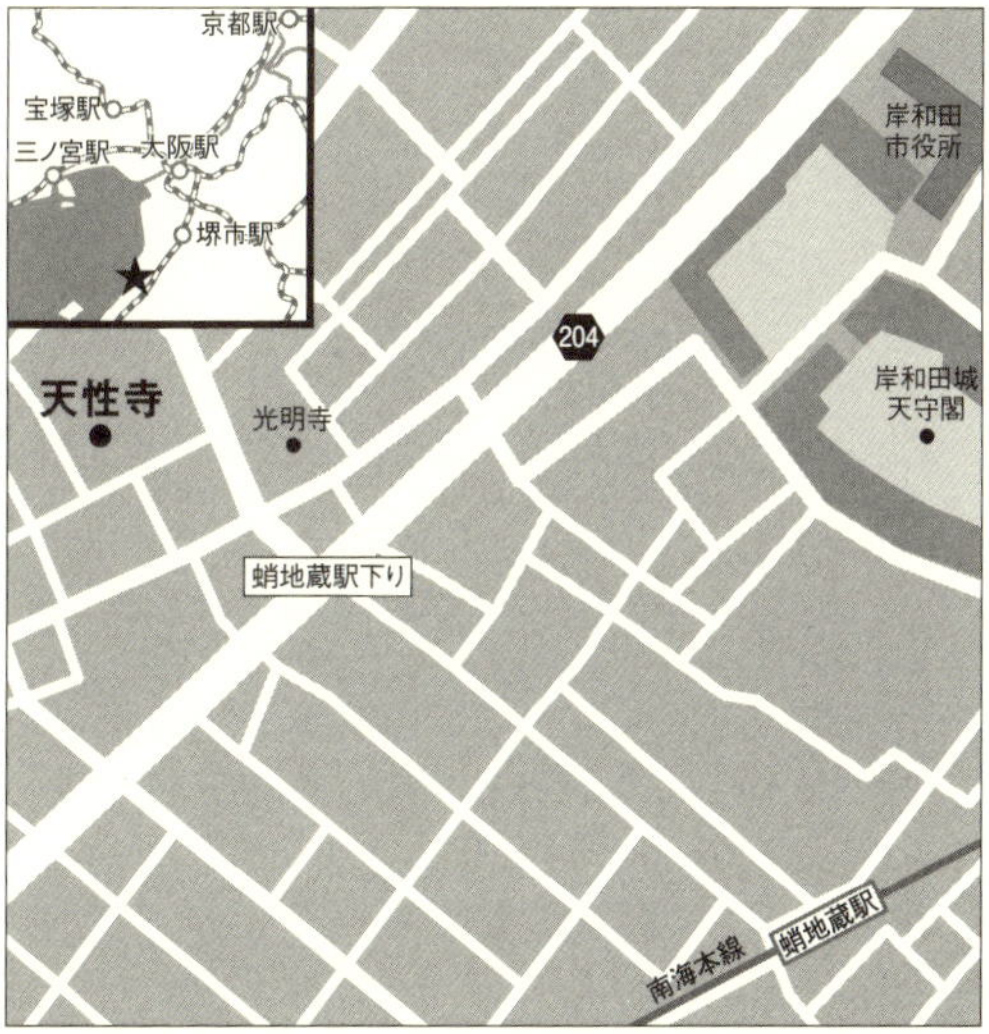

岸和田の天性寺。

『ふるさとの民話33　大阪府の民話 オンデマンド版』
偕成社／2000年

泥の河

宮本輝

　堂島川と土佐堀川がひとつになり、安治川《あじかわ》と名を変えて大阪湾の一角に注ぎ込んでいく。その川と川がまじわるところに三つの橋が架かっていた。昭和橋と端建蔵橋《はたてくらばし》、それに船津橋である。

　藁《わら》や板きれや腐った果実を浮かべてゆるやかに流れるこの黄土色の川を見おろしながら、古びた市電がのろのろと渡っていった。

　安治川と呼ばれていても、船舶会社の倉庫や夥《おびただ》しい数の貨物船が両岸にひしめき合って、それはもう海の領域であった。だが反対側の堂島川や土佐堀川に目を移すと、小さな民家が軒を並べて、それがずっと川上の、淀屋橋《よどやばし》や北浜といったビル街へと一直線に連なっていくさまが窺《うかが》えた。

川筋の住人は、自分たちが海の近辺で暮らしているとは思っていない。実際、川と橋に囲まれ、市電の轟音《ごうおん》や三輪自動車のけたたましい排気音に体を震わされていると、その周囲から海の風情《ふぜい》を感じ取ることは難しかった。だが満潮時、川が逆流してきた海水に押しあげられて河畔の家の真下で起伏を描き、ときおり潮の匂いを漂わせたりすると、人々は近くに海があることを思い知るのである。

川には、大きな木船を曳《ひ》いたポンポン船がひねもす行き来していた。川神丸とか雷王丸とか、船名だけは大袈裟《おおげさ》な、そのくせ箱舟のように脆《もろ》い船体を幾重もの塗料で騙《だま》しあげたポンポン船は、船頭たちの貧しさを巧みに代弁していた。狭い船室に下半身を埋めたまま、彼等は妙に毅然《きぜん》とした目で橋の上の釣り人を睨《にら》みつける。すると釣り人は慌てて糸をたぐりあげ、橋のたもとへと釣り場を移すのであった。

夏にはほとんどの釣り人が昭和橋に集まった。昭和橋には大きなアーチ状の欄干が施されていて、それが橋の上に頃合の日陰を落とすからであった。よく晴れた暑い日など、釣り人や通りすがりに竿《さお》の先を覗《のぞ》き込んでいつまでも立ち去らぬ人や、さらには川面《かわも》にたちこめた虚《うつ》ろな金色《こんじき》の陽炎《かげろう》を裂いて、ポンポン船が咳《せ》き込むように進んでいくのをただぼんやり見つめている人が、騒然たる昭和橋の一角の濃い日陰の中で佇《たたず》んでいた。その昭和橋から土佐堀川を臨んでちょうど対岸にあたる端建蔵橋のたもとに、やなぎ食堂はあった。

「おっちゃん来月トラック買うから、あの馬、のぶちゃんにあげよか」

「ほんまか？　ほんまに僕にくれるか？」

店の入口から差し込む夏の陽が、男のうしろで光の輪を作っていた。男は昼過ぎになると、馬に荷車を引かせて端建蔵橋を渡ってくる。いつもやなぎ食堂で弁当をひろげ、そのあとかき氷を食べていくのだった。そのあいだ、馬は店先でおとなしく待っていた。

信雄はきんつばを焼いている父の傍《そば》へ行き、

「あの馬、僕にやる言うてはるわ」

と言った。母の貞子がかき氷に蜜をかけながら、ぎゅっと睨みつけた。

「ここの父子《おやこ》には冗談が通じまへんねんで」

馬が珍しくいなないた。

昭和三十年の大阪の街には、自動車の数が急速に増えつづけていたが、まだこうやって馬車を引く男の姿も残っていた。

「犬に猫、座敷にはひよこが三匹や。のぶちゃんよりお父ちゃんのほうが一所懸命になりはんねんから……。あげくに馬やて。いまでも、ほんまに飼《こ》うてもええなァぐらいに考えてる人ですねん」

男は大声で笑っている。

「冗談が通じんのはお母ちゃんのほうやで。なあ、のぶちゃん」

主人の晋平がそう言って信雄の手にきんつばを握らせた。またきんつばかと信雄は父を上目づかいで見た。

「きんつばばっかり、もういらん。氷おくれェな」

「いややったら食べんとき。氷もやれへん」

信雄は慌てて頬張った。夏にきんつば焼いたかて売れるかいな——いつか母が言った言葉を心の中で叫んでみる。

「ここはあんたの便所やないでえ」

貞子が顔をしかめて表に出ていった。馬は習慣のように、店先のきまった場所に糞を落とした。

「いっつもすまんなあ……」

申し訳なさそうに叫ぶと、男は信雄を招き寄せた。

「わしのん半分やるさかい、匙《さじ》持っといで」

一杯のかき氷を、信雄と男は向かい合って食べた。信雄は男の顔にある火傷《やけど》のあとをそっと見た。左の耳が熔《と》けたようになってちぎれていた。信雄は、おっちゃんの耳どないしたんと訊《き》いてみたいのだが、言おうとするといつも体が火照《ほて》ってくる。

「終戦後十年もたつ大阪で、いまだに馬車では稼ぎもしれてるわ」

「トラック買うてほんまかいな?」

晋平が男の横に腰かけて訊いた。

「中古やで。新車なんかよう買わんさかいなあ」

「中古でもトラックはトラックや。よう頑張りはったなあ。あんた働き者《もん》やさかい。これからがうんと楽しみや」

「働き者はあの馬や。いやな顔ひとつせんと、ほんまによう働いてくれたわ」

ビールの栓を抜くと、晋平は男の前に置いた。

「これはわしの奢《おご》りや。前祝いに飲んでいってんか」

おおきに、おおきにと言いながら、男は嬉《うれ》しそうにビールを飲んだ。

「トラックで商売するようになっても、やなぎ食堂にはときどき顔出してや。わしがここに店開いて、その最初のお客さんがあんたやからなあ」

「そうや。まだここらに焼跡がごろごろ残ってるころやったなあ」

苺色《いちごいろ》の冷たさがきりきりと脳味噌に突きあがってくる。信雄は匙を口にくわえたまま、思わず身を捩《よじ》らせた。慌てて食べるさかいやと言って、晋平は掌で信雄の口元を拭いた。

「のぶちゃんがまだお腹《なか》に入っとったで」

店先を掃除している貞子にも、男は話しかけた。

「ほんまに長いおつきあいや、あんたともなあ……」

貞子は馬と話しながら水の入ったバケツを差しだした。馬が水を飲む音と、遠くから聞こえるポンポン船の音が、蒸暑い店の中で混じりあっている。

いっぺん死んだ体やさかいと男は言った。

「ほんまにいっぺん死んだんや。そらまざまざと覚えてるでェ、あの時のことはなあ。真っ暗なとこへどんどこ沈んでいったんや。なにやしらん蝶々みたいなんが急に目の前で飛び始めてなあ、慌ててそれにつかまったひょうしに生きかえった。確かに五分間ほど息も脈も止まってた……わしをずっと抱いててくれた上官が、そない言うとった。死んだら何もかも終わりやいうのん、あれは絶対嘘《うそ》やで」

「もう戦争はこりごりや」

「そのうちどこかのアホが、退屈しのぎにやり始めよるで」

歌島橋まで行くのだと言って男は立ちあがった。何やら楽しそうであった。

「きょうは重たいもん積んでんねん。船津橋の坂、よう登るやろか……」

暑い日である。市電のレールが波打っている。

「のぶちゃん、幾つになったんや？」

馬の優しそうな目に見入りながら、信雄は胸を張った。

「八つや。二年生やで」

「そうか、うちの子ォはまだ五つや」

信雄は店先の戸に背をもたせかけて、男と馬を見送った。

「おっちゃん」

男が振り返った。ただなんとなく声をかけたのであった。急に気恥かしくなって、信雄は意味のない笑いを男に投げかけた。男も笑い、そのまま馬のたづなを引いて歩いていった。太った銀蠅《ぎんばえ》が、ぎらつきながらそのあとを追っていった。

馬は船津橋の坂を登れなかった。何度も試みたが、あと一息のところで力尽きるのである。馬も男も少しずつ疲れて焦っていく様子が伝わってきた。車も市電も道行く人も、みな動きを停めて、男と馬を見つめていた。

「おうれ！」

男の掛け声にあわせて、馬は渾身《こんしん》の力をふりしぼった。代赭色《たいしゃいろ》の体に奇怪な力瘤《ちからこぶ》が盛りあがり、それが陽炎の中で烈《はげ》しく震えた。夥しい汗が腹を伝って路上にしたたり落ちていく。

「二回に分けて橋渡ったらどうや？」

晋平の声に振り返った男は、大きく手を振って荷車の後にまわった。そして荷車を押しながら、馬と一緒に坂を駈け登った。

「おうれ！」

馬の蹄《ひづめ》がどろどろに熔けているアスファルトで滑った。信雄の頭上で貞子が叫び声をあげた。突然あともどりしてきた馬と荷車に押し倒された男は、鉄屑《てつくず》を満載した荷車の下敷きになった。後輪が腹を、前輪がくねりながら胸と首を轢《ひ》いた。さらに、もがきながらあとずさりしていく馬の足が、男の全身を踏み砕いていく。

「のぶちゃん、来たらあかんで」

晋平は倒れている男めがけて走っていき、とぼとぼ戻ってくると、電話で救急車を呼んだ。

「死んでないんやろ、なあ、大丈夫なんやろ？」

貞子は涙声でそうつぶやくと、店先にうずくまった。調理場の隅に丸めて立てかけてあった茣蓙《ござ》を持ち、晋平はまた表に出ていった。

「信雄、中に入っといで」

貞子が呼んでいたが、信雄は動けなかった。

晋平が男の上に茣蓙を置いた。それは夕涼み用の花茣蓙であった。信雄は日溜まりの底にしゃがみ込んで、灼けたアスファルト道に咲いた目も鮮やかな菖蒲《しょうぶ》と、その下から流れ出た血が船津橋のたもとへくねくねと這《は》っていくのを見つめていた。やがてそれも人垣に覆い隠されていく。

「可哀想に、喉《のど》が渇いてるやろ。のぶちゃん、この水飲ましたり」

晋平がバケツに水を汲んだ。信雄はバケツを両手で持つと、道を横切り、馬の傍に近づいていった。馬の口元に溜まった葛湯《くずゆ》のような涎《よだれ》が、荒い息づかいとともに信雄の顔に降り注いだ。

馬は水を飲もうとはしなかった。血走った目で信雄とバケツの水を交互に見つめていたが、そのうち花茣蓙の下で死んでいる飼い主に視線を移し、じっと灼熱に耐えていた。

「水飲みよれへん」

父のもとに走り帰って、信雄はそう訴えた。晋平はしきりに額の汗をぬぐいながら、

「自分が殺したと思《おも》てるんやろ……」

と言った。

「あの馬死んでまうわ。お父ちゃん、あの馬死んでまうわ」

信雄の体が突然鳥肌立っていった。彼は父の膝にくらいついて泣いた。

「しゃあないがな。……お父ちゃんものぶちゃんも、どうしてやることもでけへんわ」

馬はやがて荷車から離されてどこかへ連れ去られていったが、荷車だけは、それから何日も橋のたもとに放置されていた。

『宮本輝全短篇（上）』より　抜粋

解説

大阪では、戦国時代から江戸時代にかけて、多くの堀川が開削されました。「浪華八百八橋」といわれ、大阪を舞台にした浄瑠璃や歌舞伎、名所を描いた『浪花百景』などには、川と橋が数多く取り上げられています。江戸時代の大阪は「天下の台所」と呼ばれ、中之島には各藩の蔵屋敷が建ち並んでいました。中之島の西端にも蔵が建っていたため、端建蔵という地名が生まれたともいいます。

『泥の河』は、端建蔵橋のたもとに建つやなぎ食堂の一人息子信雄を主人公に、船で暮らす姉弟との、出会いと交友と別れが描かれています。第二次世界大戦の戦火で焼け野原となった大阪の一九五五年の光景を、川と食堂を舞台に描いた作品です。まだ大阪の川にポンポン船が行き来し、往来には馬車を引く人の姿も見られた時代の物語です。

堂島川と土佐堀川に挟まれた中之島の西のはずれに、二つの川が合流して安治川へと名前を変える場所があります。『泥の河』の舞台となったこの辺りから中之島にかけては、現在大阪が「水都大阪」の復活を目指して整備を進めている中心地です。

安治川はもともと曲がりくねって大阪湾に注いでいましたが、一六八三年に河村瑞賢が水運と治水のため、真っ直ぐな流れに開削しました。沿岸の三角州は、江戸時代の半ば過ぎに新田が作られ、明治からは工業地帯に変わっていきました。

二〇一一年六月六日、端建蔵橋の隣に架かる湊橋の南詰に、『泥の河』の一節を刻んだ碑が建てられました。宮本輝は幼かったころ湊橋の近くに住んでいて、船上生活者が船で暮らしている姿を眺めながら育ったといいます。

『泥の河』は、一九八一年に小栗康平監督によって
白黒スタンダードサイズで映画化されました。

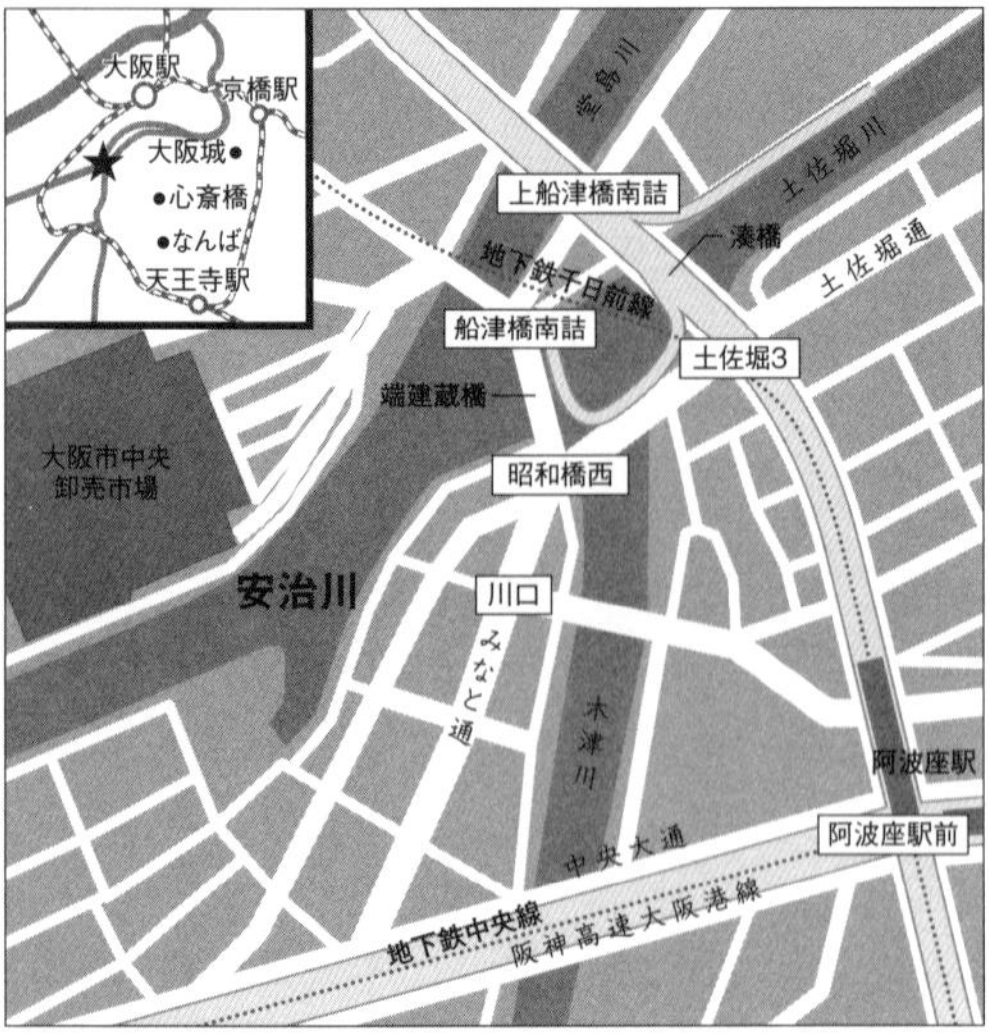

宮本輝

(みやもと　てる) 1947～

兵庫県神戸市生まれの小説家。追手門学院大学卒業後、コピーライターとしてサンケイ広告社に入社するが、1975年に退社し本格的に小説を書き始める。1977年『泥の河』で第13回太宰治賞を受賞。翌年『螢川』で第78回芥川賞を受賞。1981年には、『泥の河』が映画化され、モスクワ国際映画祭で銀賞を受賞した。

『宮本輝全短篇(上)』
集英社／2007年

ぼんぼん

今江祥智

——……こうして話しているうちにも、今日、昭和十六年五月二十九日の太陽は、大阪の西の空に沈んでしまいました。やがて気の早い星が姿を……。

プラネタリウムの解説者の声が、ぽわんとふくらんだ感じで天象館《てんしょうかん》のドームにひろがって続いていた。すると、洋《ひろし》のすぐ横のあたりで、

——いやあ、ほんまやわあ。

澄んでよくとおる声があがって、細い腕がついとのび、一番星をちゃんと指さしていた。目の早い子やなあ……。洋は思わず声のしたほうをふりむいて見たが、むろん、顔が見えるわけがなかった。天象館のなかは、もうすっかり夜の色だったのである。ついさっきまでは、夕映えのなかに立つ奇妙なロボットに見えたプラネタリウムでさえ、闇のなかにとけて

いた……。

洋がまた一番星に目をもどしたときには、そのまわりをいつかもう数十の星が、びっしりとりまいていた。

——……月も雲もなければ、今夜八時、この四ツ橋の電気科学館の屋上に立つと、ざっとこんなふうな夜空が見えるはずです。

解説の声が続けて、そこで初めてちょっとことばを切った。しずまりかえった館内のだれものまわりに、夜がいっそうほんものらしくひろがる気がする一瞬だった。

さて……と、解説者が次にうつったとき、洋は横の洋次郎に小声で話しかけていた。

——にいちゃん、ほんまにようでけとるなあ、このプラネタリウムたらいう機械。

——そらあたりまえや。なんせ、ドイツのツァイス製やさかいなあ。

洋次郎は、まるで自分がカール＝ツァイス社の社員であるみたいに、いばった調子で答え、

——ま、黙って、よォ見とくんやなあ。

と、先輩ぶった。

洋次郎は洋と三つちがいの中学一年生。ここへはもう何度かきていたが、洋はその日が初

めてだった。

だから洋には、ここの何もかもがめずらしかった。電気館の小さな実験装置のボタンも、いろんな模型を動かすボタンも、わけのわからぬまま、とにかくかたっぱしから押してやった。洋次郎はそんな弟のことを、はじめはあきれ顔で見ていたが、すぐにだんだん気難しい顔になって、そないにみんなさわっとったら、肝心のプラネタリウム見る時間が無《の》うなるやないか……と、せきたてた。そないいうたかて、こっちは初めてやもん、しゃあないがな……と、洋は口をとがらせたが、おこりんぼのにいちゃんのげんこつがこわくて、ほどほどにしてしまった……。

けれど、初めて見たプラネタリウムは、そんな洋の不満足な気もちを吹きとばすのに充分だった。この、鉄唖鈴《てつあれい》のおばけみたいな機械のことは、くる前から何度か聞かされていた。それにお前、そいつがまた日本に一台しかないのんが、この大阪にあるちゅうわけや、うれしいやないか……と、洋次郎は大阪市長の代理みたいなようすでいったが、ほんとに百聞ハ一見ニシカズ、だった……。

しかも、それがまた、これほどうまく〝夜〟をつくりだすのに、洋はうっとりと見とれてしまった。

するとまたそのとき、さっきの女の子の声が、小さく、けれど洋の耳にははっきり聞こえるくらいにこういった。

―おかあちゃん、うち、眠とうなってきてしもた。オヤスミ……。

それから、ああんとちっちゃなあくびの声がして、おかあさんらしい声がもしょもしょと小言をいうのが聞こえた。

きっとまだ小さな子なので、ほんものの夜と勘ちがいしてしもたんやろ、解説がむずかしすぎたんやろ……と、洋は見知らぬ女の子に同情し、くすんとひとり笑いしてから、再び解説者の声に耳をかたむけた。


みどりいろの矢印がうつるランプを使って、五月の星座をゆっくり説明していた解説者は、大熊座のところにくると、おきまりの北斗七星と北極星の説明にとりかかった。

それやったら、ぼくかて知ってるわ……。洋はこのあいだ読みおわったばかりの天文学入門の解説を思いおこした。北斗七星さえ見つけたら北極星はすぐに見つけられるし、北極星さえ見つけたら方向がわかる、こらゼッタイや、ちゅうやつやろ……。

説明もたしかにそのとおりのことをしゃべっていた。ところが、そこで思いがけないことをいいだしたのである。いまはひしゃくの形をしているこの七つ星（ほんとは、柄《え》の先から二つめの星ミザルに、アルコルと呼ばれる五等星がついて八つ星であることまで、洋は知っていた……）が、いつかは形がくずれる、というのである。

そんなアホなことが、と洋は思わず洋次郎のひじをつついた。洋次郎もそのことは聞き初めらしく、ほんまかいなと声にだしてつぶやいた。兄弟の頭のなかには、まだ絶対に動かず変わらぬものとしての北極星と北斗七星が輝いているのだった……。

—ではちょっと、そのようすをお目にかけましょう……。

解説者がいうのと同時に、軽いモーターのうなりがして、北斗七星だけが少しずつ動きはじめた。両はしの星は西へ、あとの五つは東へ動いていって、ひしゃくの形がどんどんくずれていった。

—これで、五万年から六万年のち……。

解説者はあっさりいい、ひしゃくがすっかりくずれたところで、これが十万年後の北斗七星です、と結んだ。

――それからついでにつけ加えますと、北極星も変わります。いまの北極星は、地球が自転している軸の方向にたまたま見えるから天の北極にあり、北を指すのですが、一万三千年前は織女星が北極星でした。ですから、いまから一万二千数百年後には、また織女星が北極星になるはずです……。

解説者が機械のボタンを押すと、くずれた北斗七星は、またおそろしい早さで(なにしろ十万年なのである……)元にもどりはじめ、数十秒ののちには、昭和十六年五月二十九日の北斗七星の姿にかえっていた。

もう十万年すぎてしもたんか……。洋はあっけにとられて空をながめ、

――ほんまに人をびっくりさせる機械や……。

正直に声にだした。

――おれもやでェ。

洋次郎も正直だった。その日、兄弟の頭の中で、〝ゼッタイに変わらぬはずのもの〟が一つ、静かにくずれたのだった。

『ぼんぼん〈新装版〉』より　抜粋

解説

『ぼんぼん』は、大阪出身の今江祥智が描いた、自伝的作品です。

「ぼんぼん」とは、船場を中心とする市内の裕福な家庭の息子の呼び名で、三人いると「ぼん・中《なか》ぼん・小《こ》ぼん」と呼ばれました。

作品の主人公の洋は、「ぼんぼん」と呼ばれ、毎日を楽しく暮らしていましたが、突然父親や祖母を失い、その後戦争が始まります。父のいない母子は、家族に恩義があるという元ヤクザで反戦老人の佐脇に助けられ、思春期を迎えた洋は、その老人に導かれながら成長し、教師への道を歩むのでした。

作品は、戦時下、軍国主義の波にのまれていく社会の中で、日々の暮らしがどのように変化し、戦争によって何が喪失されたのかが、「ぼんぼん」洋の目を通して描かれています。

掲載箇所は、戦争がはじまる前のエピソードです。洋が見たのは、一九三七年に日本ではじめて設置された、ドイツのカール・ツァイス社製のプラネタリウムでした。

大阪市立電気科学館内の天象館に人工の星空が投影されると、大阪の人々は夢中になりました。惑星や太陽、流星群やオーロラなども登場するプラネタリウムを訪れた感動を、織田作之助は『星の劇場』に記しています。漫画家の手塚治虫も、宝塚に住んでいた幼少期、天象館に足繁く通ったそうです。

大阪市立電気科学館は、一九八九年に大阪市立科学館と名前を改めて、四ツ橋の交差点から中之島に場所を移しました。プラネタリウムのシステムは現代式のものになっていますが、洋が見た日本最古のプラネタリウム投影機も展示されています。

旧電気科学館跡には、そのなごりを残すように、上部にドーム状の飾りがついた複合ビル・ホワイトドームプラザが建っています。

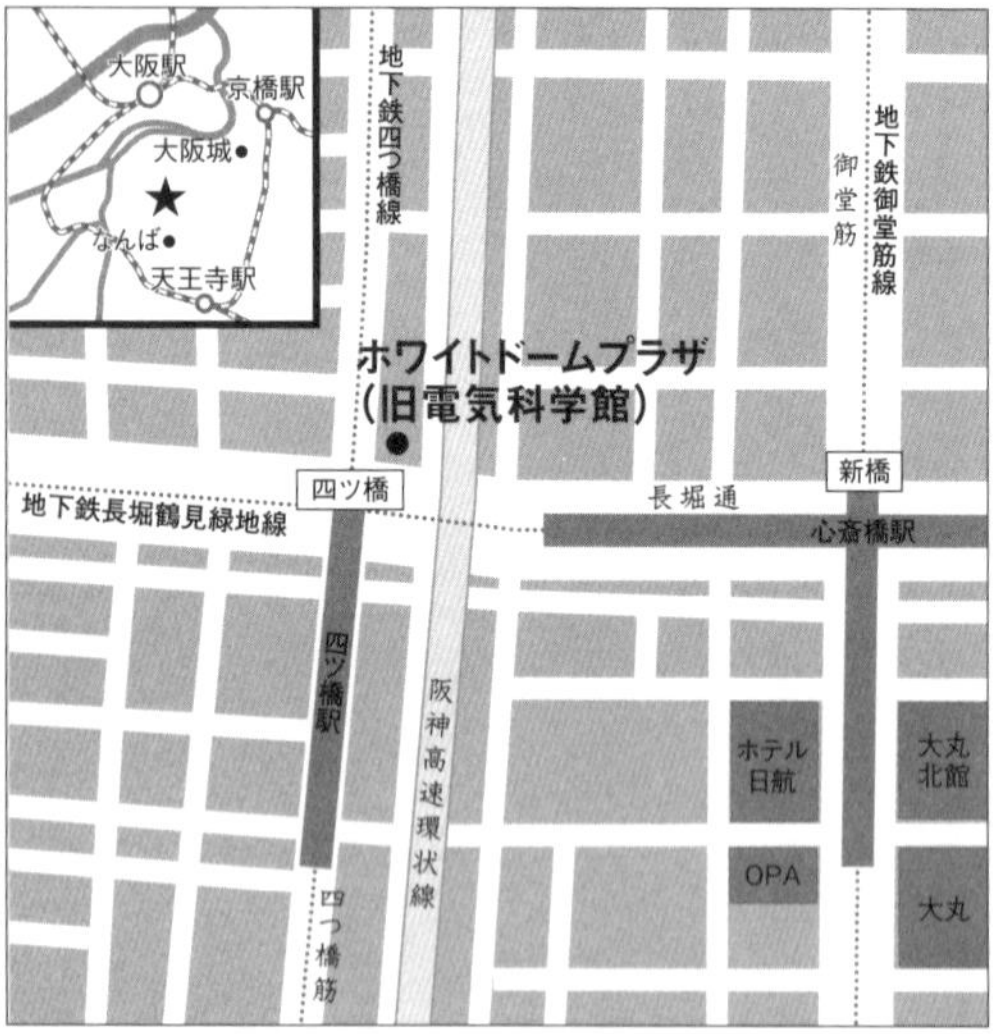

今江祥智

(いまえ　よしとも) 1932～

大阪府大阪市生まれの児童文学作家。同志社大学卒業。大学卒業後は名古屋の中学校に英語教師として赴任。そこで『星の王子さま』など、多くの名作と出会い児童文学に開眼。作品を執筆し始める。1960年に『山のむこうは青い海だった』でデビュー。その後、多くの作品を発表している。

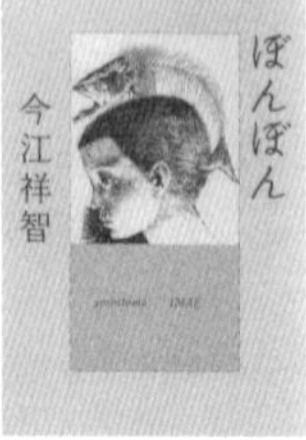

『ぼんぼん〈新装版〉』
理論社／2012年

アド・バルーン

織田作之助

　七歳の夏、帰ることになりました。さすがの父も里子の私を不憫《ふびん》に思ったのでしょう、しかし、その時いた八尾《やお》の田舎まで迎えに来てくれたのは、父でなく、三味線引きのおきみ婆さんだった。

　高津神社の裏門をくぐると、すぐ梅ノ木橋《うめのきばし》という橋があります。橋といっても子供の足で二足か三足、大阪で一番短いというその橋を渡って、すぐ掛りの小綺麗なしもたやが今日から暮す家だと、おきみ婆さんに教えられた時は胸がおどったが、しかしそこには既に浜子という継母《ままはは》がいた。あとできけば、浜子はもと南地《なんち》の芸者だったのを、父が受け出した、というより浜子の方で打ち込んで入れ揚げた挙句、旦那にあいそづかしをされたその足で押掛け女房に来たのが四年前で、男の子も生れて、その時三つ、新次というその子は青ばなを二筋垂らして、びっくりしたような団栗眼《どんぐりまなこ》は父親似だった。父親は顔の造作が一つ一つ円《まる》くて、芸名も円団治《まるだんじ》でした。それで浜子は新次のことを小円団治とよんで、この子は芸人にしまんねんと喜んでいたが、おきみ婆さんにはそれがかねがね気羨《けなる》かったのでしょう。私を送って行った足で上りこむなり、もう嫌味たっぷりに、——高津神社《さん》の境内にある安井稲荷《やすいいなり》は安井さん(安い産)といって、お産の神さんだのに、この子の母親は安井さんのすぐ傍で生みながら、産の病で死んでしまったとは、何と因果なことか……と、わざとらしく私の生みの母親のことを持ちだしたりなどして、浜子の気持を悪くした。そして、ああこれで清々したという顔でおきみ婆さんが寄席へ行ってしまうと、間もなく父も寄席の時間が来ていなくなり、私はふと心細い気がしたが、晩になると、浜子は新次と私を二《ふた》つ井戸《いど》や道頓堀《どうとんぼり》へ連れて行ってくれて、生れてはじめて夜店を見せて貰《もら》いました。

その時のことを、少し詳しく語ってみましょう。というのも、その時みた夜の世界が私の一生に少しは影響したからですが、一つには何といっても私には大阪の町々がなつかしい、今となってみればいっそうなつかしい、惜愛の気持といってもよいくらいだからです。

家を出て、表門の鳥居をくぐると、もう高津表門筋の坂道、その坂道を登りつめた南側に「かにどん」というぜんざい屋があったことはもう知っている人は殆《ほと》んどいないでしょう。二つ井戸の「かにどん」は知っている人はいても、この「かにどん」は誰も知らない。しかし、その晩はその「かにどん」へは行かず、すぐ坂を降りましたが、その降りて行く道は、灯明《とうみょう》の灯が道から見える寺があったり、そしてその寺の白壁があったり、曲り角の間から生国魂《いくたま》神社の北門が見えたり、入口に地蔵を祠《まつ》っている路地があったり、金灯籠《かなどうろう》を売る店があったり、稲荷を祠る時の巻物をくわえた石の狐を売る店があったり、蓑虫《みのむし》の巣でつくった銭入れを売る店があったり、赤い硝子《ガラス》の軒灯に家号を入れた料理仕出《しだし》屋があったり、間口の広い油屋があったり、赤い暖簾《のれん》の隙間から、裸の人が見える銭湯があったり、ちょうど大阪の高台の町である上町と、船場島《せんばしま》ノ内《うち》である下町とをつなぐ坂であるだけに、寺町の回顧的な静けさと、ごみごみした市井の賑かさがごっちゃになったような趣きがありました。

坂を降りて北へ折れると、市場で、日覆《ひおおい》を屋根の下にたぐり寄せた生臭い匂いのする軒先で、もう店を仕舞《しも》うたらしい若者が、猿股一つの裸に鈍い軒灯の光をあびながら将棋をしていましたが、浜子を見ると、どこ行きだンねンと声を掛けました。すると、浜子はちょっと南へと言って、そして、あんた五十銭罰金だっせエと裸かのことを言いました。市場の中は狭くて暗かったが、そこを抜けて西へ折れると、道はぱっとひらけて、明るく、二つ井戸。オットセイの黒ずんだ肉を売る店があったり、猿の頭蓋骨や竜《たつ》のおとし児《ご》の黒焼を売る黒焼屋があったり、ゲンノショウコやドクダミを売る薬屋があったり、薬屋の多いところだと思っていると、物尺《ものさし》やハカリを売る店が何軒もあったり、岩おこし屋の軒先に井戸が二つあったり。そして下大和《しもやまと》橋のたもとの、落ちこんだように軒の低い小さな家では三色ういろを売っていて、その向いの蒲鉾《かまぼこ》屋では、売れ残りの白い半平《はんぺい》が水に浮いていた。猪の肉を売る店では猪がさかさまにぶら下っている。昆布屋の前を通る時、塩昆布を煮るらしい匂いがプンプン鼻をついた。ガラスの簾《すだれ》を売る店では、ガラス玉のすれる音や風鈴の音が涼しい音を呼び、櫛屋の中では丁稚《でっち》が居眠っていました。道頓堀川の岸へ下って行く階段の下の青いペンキ塗の建物は共同便所でした。芋を売る店があり、小間物屋があり、呉服屋があった。「まからんや」という帯専門のその店の前で、浜子は永いこと立っていました。

新次はしょっちゅう来馴《きな》れていて、二つ井戸など少しも珍らしくないのでしょう、しきりに欠伸《あくび》などしていたが、私はしびれるような夜の世界の悩ましさに、幼い心がうずいていたのです。そして、前方の道頓堀の灯をながめて、今通って来た二つ井戸よりもなお明るいあんな世界がこの世にあったのかと、もうまるで狐につままれたような想いがし、もし浜子が連れて行ってくれなければ、隙をみてかけだして行って、あの光の洪水の中へ飛び込もうと思いながら、「まからんや」の前で立ち停っている浜子の動き出すのを待っていると、浜子はやがてまた歩きだしたので、いそいそとその傍について堺筋《さかい》の電車道を越えた途端、もう道頓堀の明るさはあっという間に私の軀《からだ》をさらって、私はぼうっとなってしまった。

弁天座《べんてんざ》、朝日座《あさひざ》、角座《かどざ》……。そしてもう少し行くと、中座《なかざ》、浪花座《なにわざ》と東より順に五座の、当時はゆっくりと仰ぎ見てたのしんだほど看板が見られた訳だったが、浜子は角座の隣りの果物屋の角を急に千日前《せんにちまえ》の方へ折れて、眼鏡《めがね》屋の鏡の前で、浴衣《ゆかた》の襟を直しました。浜子は蛇ノ目傘の模様のついた浴衣を、裾《すそ》短かく着ていました。そのためか、私は今でも蛇ノ目傘を見ると、この継母を想い出して、なつかしくなる。それともうひとつ想い出すのは、浜子が法善寺《ほうぜんじ》の小路の前を通る時、ちょっと覗きこんで、お父《とっ》つぁんの出たはるのはあの寄席やと花月《かげつ》の方を指しながら、私たちに言って、急にペロリと舌を出したあの仕草です。

やがて楽天地《らくてんち》の建物が見えました。が、浜子は私たちをその前まで連れて行ってはくれず、ひょいと日本橋一丁目の方へ折れて、そしてすぐ掛りにある目安寺の中へはいりました。そこは献納提灯《けんのうちょうちん》がいくつも掛っていて、灯明の灯が揺れ、線香の火が瞬き、やはり明るかったが、しかし、ふと暗い隅が残っていたりして、道頓堀の明るさとは違います。浜子は不動明王の前へ灯明をあげて、何やら訳のわからぬ言葉を妙な節まわしで唱えていたかと思うと、私たちには物もいわずにこんどは水掛《みずかけ》地蔵の前へ来て、目鼻のすりへった地蔵の顔や、水垢《みずあか》のために色のかわった胸のあたりに水を掛けたり、タワシでこすったりした。私は新次と顔を見合せました。

目安寺を出ると、暗かった。が、浜子はすぐまた私たちを光の中へ連れて行きました。お午《うま》の夜店が出ていたのです。お午《うま》の夜店というのは午《うま》の日ごとに、道頓堀の朝日座の角から千日前の金刀比羅《こんぴら》通りまでの南北の筋に出る夜店で、私は再び夜の蛾のようにこの世界にあこがれてしまったのです。

おもちゃ屋の隣に今川焼があり、今川焼の隣は手品の種明し、行灯《あんどん》の中がぐるぐる廻るのは走馬灯《まわりあんど》で、虫売の屋台の赤い行灯にも鈴虫、松虫、くつわ虫の絵が描かれ、虫売りの隣の蜜垂《みた》らし屋では蜜を掛けた祇園《ぎおん》だんごを売っており、蜜垂《みた》らし屋の隣に何屋《なにや》がある。と見れば、豆板屋、金米糖、ぶつ切り飴もガラスの蓋の下にはいっており、その隣は鯛焼屋、尻尾まで餡《あん》がはいっている焼立てで、新聞紙に包んでも持てぬくらい熱い。そして、粘土細工、積木細工、絵草紙《えぞうし》、メンコ、びいどろのおはじき、花火、河豚《ふぐ》の提灯、奥州斎川孫太郎虫《おうしゅうさいかわまごたろうむし》、扇子、暦、らんちゅう、花緒《はなお》、風鈴……さまざまな色彩とさまざまな形がアセチリン瓦斯《ガス》やランプの光の中にごちゃごちゃと、しかし一種の秩序を保って並んでいる風景は、田舎で育って来た私にはまるで夢の世界です。ぼうっとなって歩いているうちに、やがてアセチリン瓦斯の匂いと青い灯が如露《じょろ》の水に濡れた緑をいきいきと甦らしている植木屋の前まで来ると、もうそこからは夜店の外れでしょう、底が抜けたように薄暗く、演歌師の奏でるバイオリンの響きは、夜店の果てまで来たもの哀しさでした。

しかし、私がもう一度引きかえして見たいといい出す前に、浜子はふたたび明るい方へ戻って行き、植木屋、風鈴、花緒、らんちゅう、暦、扇子、奥州斎川孫太郎虫、河豚の提灯、花火、びいどろのおはじき……良い母親だと思った。おまけに浜子は私がせがまなくても、あれも買え、これもほしいのンか、ああ、そっちゃのンもええなア、おっさん、これも包んだげてんかと、まるで自分から眼の色を変えて、片ッ端から新次の分と二つずつ買《こ》うてくれ、私はうろうろしてしまった。余りのうれしさに、小便が出そうになって来たので、虫売の屋台の前では、股《もも》をすり合わせて帰りが急がれたが、浜子は虫籠《むしかご》を物色してなかなか動かないのです。

『六白金星・可能性の文学 他十一篇』より　抜粋

解説

『アド・バルーン』は、主人公十吉が少年時代に過ごした高津神社南正門の表門筋を起点に、この界隈を彷徨いながら、大阪の路地裏や様々な商いの様子や人々のくらしを、スピード感豊かな文体によって活写した作品です。

高津神社は、第十六代仁徳天皇を王神と仰ぐ神社です。その名前は、仁徳天皇が当時の都につけた高津宮に由来しています。

この高津神社は、古典落語『高津の富』『高倉狐』『崇徳院』の舞台としても知られ、古くから町人文化の地として賑わってきました。境内の参集殿「高津の富亭」では、今でも寄席や文楽が行われています。節分の日には、江戸時代の富くじを復元したイベントも開催されます。

また近くの生國魂神社では、上方落語の始祖といわれる米沢彦八の功績を称え伝統を受け継ぐ「彦八まつり」が開催されるなど、この辺りは上方落語にも縁の深い、大阪町人のくらしと文化の中心地でもあります。

著者の織田作之助は「七つの年までざっと数えて六度か七度、預けられた里をまるで付箋つきの葉書みたいに移って来たことだけはたしかで、放浪のならわしはその時もう幼い私の体にしみついていた」と書いていますが、『アド・バルーン』は子供の頃から大阪の夜の露天のまぶしさの中を放浪してきた記憶を、記録した作品と言えるでしょう。

オダサクと呼ばれ大阪人から親しまれている大阪生まれの著者は、わが町大阪を描くことに精力を注ぎました。作家の地位を確立した出世作『夫婦善哉』の後に書かれた『夫婦善哉後日』には、「万葉以来、源氏でも西鶴でも近松でも秋成でも、文学は大阪のもんだ」と記されています。

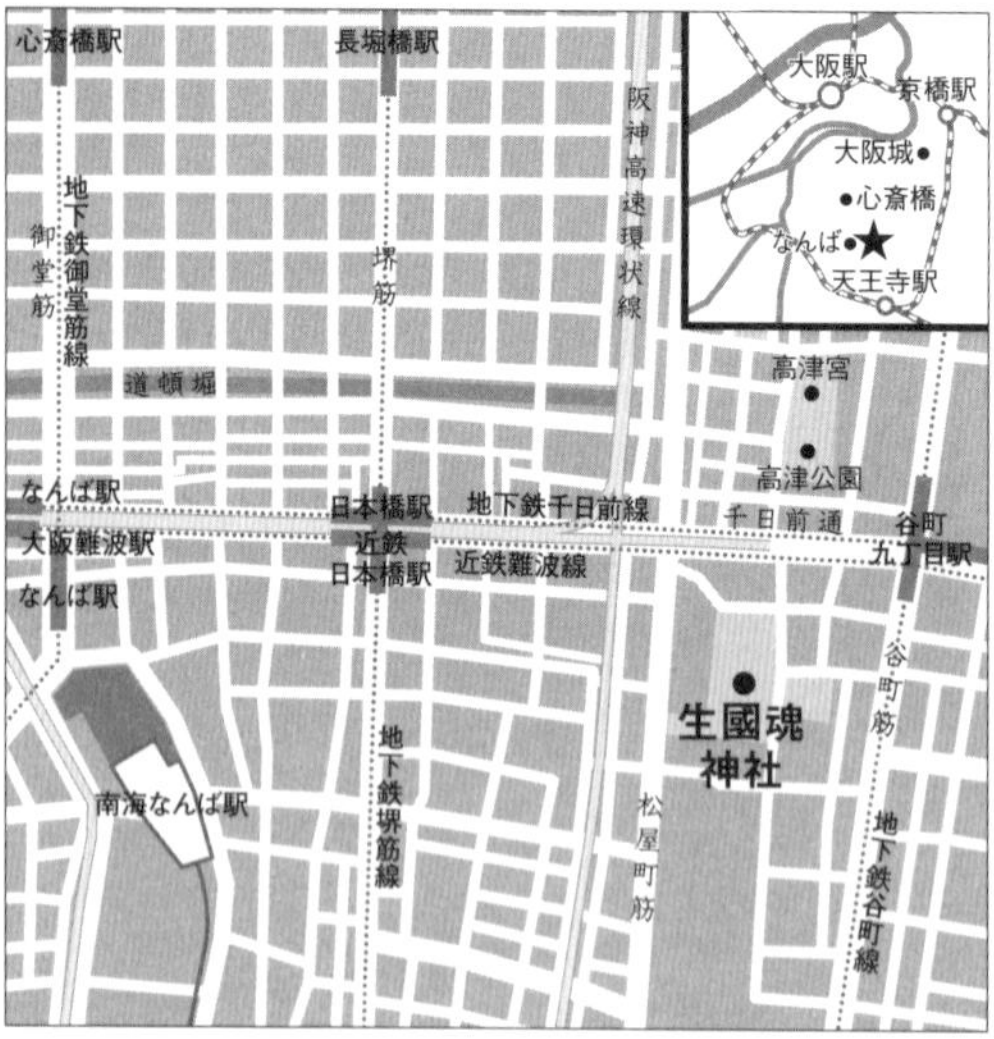

織田作之助

（おだ　さくのすけ）1913～1947

大阪府大阪市生まれの小説家。学生時代に同人雑誌『海風』を創刊し、『雨』を発表。その作品が作家の武田麟太郎に注目される。1940年に発表した『夫婦善哉』が改造社の第1回文芸推薦作品となる。以後、作品を次々と発表していくが1947年に喀血し、33歳の若さでその生涯を終えた。

『六白金星・可能性の文学　他十一篇』
岩波文庫／2009年

じゃりン子チエ

はるき悦巳

第21話●「うちの父はん」の巻

ちりん
ころん
からん
ころん
わー終わりや終わりや
アホ今日はホームルームのある日やど
今日はオレが議長をやる日やど
5-2
わっマサルかマサルが議長の時は長いからなぁ
みんなちょっと聞いてくれ
ホームルームの前に知らせたいことがあるんだ

みんな春休みの宿題で作文を書いたよね
その作文の中で府下のコンクールで金賞に選ばれた作品があるんだ
わ――金賞やて
マサル――
一番ええ賞やな
ハハハ あわてるな あわてるな
みてみ マサル もう 自分や思てるわ
ウチ マサルて好かんな
そやけど 作文は うまいから なあ
オレ 去年 銅賞やった からなあ
今度は 頑張ったんや
さあ みんな 静かにして
やかましく してると きこえないぞ

みんな静かにせえ
誰がとったか分かれへんやないか
さあ発表するぞ
呼ばれた人は起立するようにみんなで拍手してあげよう
オ…オレもう立ってよ
大阪府主催作文コンクール金賞
竹本チエさん!
わっ
エッ

賞状は明日朝礼で渡すからね
さあチエちゃん立って……
ぱち
チエやるやんけ
ウ…ウチ……
マサル〜しっかりせえ〜〜〜
ウソやろ〜なんかのまちがいや〜
ぱちぱち
ぱちぱち
ウチ……あの作文……
ぱちぱち
………
ぱちぱち
Tel 268-5111
マサルしっかりせえ
……ショックや
ああえらいことなってきた

中華料理
なんでチエのが選ばれたんやろ
なんでウチのが選ばれたんやろ
マサルちょっとええかっこ書きすぎたんとちゃうか
アホオレちゃんと正直に書いたど
ポ
そやけど今度の作文は題が決まってたからなあ
マサル題決められたらあかんか
そうやないけど「私のお父さん」やったからなあ
オレのお父はん普通やからなあ
だいたいこういうので賞とるのは不幸な話やからなあ
親がメチャクチャやとか家が貧乏やとか……そういう話が感動するんや
ウチあんなこと書くんやなかったなあ
チエのとこは全部そろてるもんなあ
テツのことやったら誰が書いても賞とれるよ
こんな時はチエがうらやましいなあ
ああ今日だけはテツに会いたないなあ

よーー チエ
わっ
出よった!
あかん
おい どこ 行くんじゃ
こら〜〜〜 待たんかい
テツ 来るな ウチ 当分 会いた ない
アホーー 親を 避ける奴が あるかい
ああゆう 親は 書きやすい よな
ほんまや

ホルモン
ガラガラ
!
なんじゃい帰っとるやないか
チエちゃん小鉄のことでおこってるんやないか
心配すなあいつは根にもつタイプやない
チエ何しとるんやワシら小鉄の見舞いに来たんやど
ミズヤがあります注意して下さい
こんにちわ——
ガラッ

なんや おい 寝とるのか
チエちゃん 病気か
アホ さっき あんなスピードで 走っとったや ないけ
まあ 上がれ ヨシ江 帰ってくるまで 遊んでいこ
すんまへん ちょっと 小鉄に あいさつ さして もらいます
?
先日は どうも…… うちのジュニアが 迷惑かけまして みんなワシが 悪いんや なんとか カンニンしてや
よお。。
オッス!!

いろいろワケはきいたよ オレの父さんも悪かった すまんことしたな
カラダ大丈夫か
心配いらん アバラ４本折れただけや
アジでも食えや 元気でる
骨も食た方が体にええど
おまえ けっこう 強かったな
どおしたんやろ うんともすんともゆわんど
また また
おまえ 本気だしたら オレ負ける
チエちゃんが寝こむなんてよっぽどやな

こらっ チエ なんとか いわんかい
テツ 顔みせるな
ウチ 死にたなる
こらー ワシは 死にたなるような 顔か
おさえて おさえて
テツ どっか行って テツおるだけで ウチ ノイローゼなる
ノイローゼ!?
テツ ノイローゼて なんや
ノ… ノイローゼて おまえ
まてよ どっかで 聞いたこと あるな
!
オッさん バナナ 買うてこい

バナナ買うてこいゆうとるんじゃ
バナナ何するねん
気のきかん奴やなあ チエはバナナが食いたいんじゃ
エエッ ほんまかいな
こいつおバアからワシのことききよったんや
ワシ 子供の時バナナ食いたなったらワケのわからんことゆうてよう寝こんだもんや
こらっ正直にいえひねくれもん
おまえバナナ食いたいんやろ
ワシちがうと思うで
こらっなんとかいえ
コチョコチョ
ヤロ〜〜〜
ふとんむしじゃー

テツが それやから ウチは ノイローゼに なるんや
もう どっか 行く!
ああ ウチのことなんか 何も分かって ないんや
ひょっと したら ノイローゼて ヒステリーの ことやな
!
やあ チエちゃん
さっきのことが 気になって 寄ってみたんだよ

どおしたんだい せっかく金賞をもらったのに
うれしくないのかい
ウチ あの作文……
セ…センセ あの作文読んだやろ
ウチ 最後にこれはウソですって……
ああ 書いてあったね
ウソだけど こうなりたいと思いますって
先生 あそこのとこ消して コンクールに出したんだ
エッ
すごくいい作文だったからね
最後に ウソだと書いてあると 全部がぶちこわしに なってしまうんだ
メチャメチャや……
チエちゃん あの作文 一生懸命に 書いたんだろ
どうだい
ウ… ウチ 一生懸命 書いたけど…… そやけど……

読めば分かるんだよ真剣に書いたかどうかってこと
そやけどやっぱりウソやから
チエちゃんはそうはなりたくないのかい
そう…って
だからチエちゃんが作文に書いたようにだよ
そらなりたいけど今はちがうから
今はちがうからウソなのか
先生はそうは思わないな
大切なのはチエちゃんの気持ちを正直に書くってことなんだ
チエちゃんがああなりたいって真剣に考えて書いたことなんだから……

あの作文で チエちゃんは 少しも ウソなど いってないんだよ
さあ 元気だして
ウソを書いて 金賞など とれや しないんだから
日曜日には しっかり 読むんだよ
僕のオヤジも 見に行くって いってたよ
第二十四回
児童作文コンクール
発表会
所 体育館

センセ ほんまに チエが 賞もろたり しましたんか
ほんまや おまえの子とは 思えんな チエちゃん ほんまに おまえの子かい
こわいこと ゆうな ワシ 悩むやんけ
そやけど 作文て チエ 何 書き ましてん
ワシ 息子に 見せてもろた ええ作文やった
それより おまえ まだ お好み焼屋に 泊まっとるのか
センセ なんで そんなこと 知ってますねん
まさか センセ ヨシ江の奴と グルに なってるんや おまへんやろな
バカタレ
おまえの ことなんか 知るかい 勝手にせえ
おまえ おらん方が 家のほう うまいこと いってるんや ないか
変なこと ばっかり ゆうな
チエ ヨシ江 なんかより ワシと 住みたがって るんや
作文コンクール 発表会場

!
あかん ワシ 後ろに行こ
どない したんや ヨシ江はんの横 あいてるど
おめでとう チエちゃん やりよるなあ
あっ 先生
ごきげん さん
どうぞ 横 あいてます
いや ワシら後ろで 見てるから テツが 来とるんや キキキ……
おめでとう チエちゃん 賞 もろたん やてなあ
い…いえ それより うちの人が お世話に なってます わたし 知ってるん ですけど…その
いやいや 花井センセからも 当分 テツ 好きに させといてくれって いわれてるから
センセ ヨシ江 ワシのこと 何か 聞いとった やろ
いや ちょっとも

さびしいなあテツ
すっかり忘れられたんとちゃうか
……
それでは金賞の作品を発表したいと思います
西萩小学校五年二組竹本チエさんの作品です
題名は「ウチのお父はん」です
パチパチパチパチ
な……なんやと
ウチのお父はん!?
このへんでいいかな
ハ…ハイ
あ…あいつなに書きよったんや……
「ウチのお父はん」
西萩小学校五年二組竹本チエ

ジュージュージュージュー
ウチの家は
いつも
こんな音で
いっぱいです
どこに いても
ジュージュージュージュー
この音は
ホルモンを
焼く音です
ウチは
生まれた時から
ずっと この音を
聞いてきました
それは
ウチの家が
ホルモン焼屋
だからです
ジュージューの
音が聞こえる間
ウチは
お父はんに
会うことが
出来ません
お父はんは
ホルモンを焼く
けむりの向う側に
行ってしまって
いるからです
店に来るお客は
お父はんの焼く
ホルモンを おいしい
おいしいといいます
………
ウソツキ
ワシ もう
5年も
ホルモン
なんか
焼いてない
やんけ
それは
タレのつけこみ方が
よその店と ちょっと
ちがうからです

お父はんは店を手伝うために子供の時からおバアはんに教えられたのだそうです
そういうたらテツによう教えたなあ
ウチも早くそれを教えてほしいと思っています
それをおぼえれば店を手伝えるからです
ウチはお父はんと一緒に店がやれたらどんなによく楽しいかなあとよく考えます
ウチはお父はんと一緒に店がやりたいのです
早く焼き方をおぼえてお父はんと一緒に店を……
……お父はんと一緒にホルモンが焼けたら
……早くお父はんと一緒に……
……ウソツキ……

解説

『じゃりン子チエ』は、小学生・竹本チエを主人公に、大阪の下町のくらしを描いた漫画です。一九七八年に連載が開始されると爆発的な人気となり、漫画の枠を超えて、テレビアニメ化、舞台化、ゲーム化されていきました。

チエは小学五年生の少女で、父のテツに振り回されながら、下町で家業のホルモン焼屋「チエちゃん」を切り盛りしています。

毎日の生活の中から生まれる小さな出来事、笑い、怒り、涙といった庶民の喜怒哀楽が、街角の風景とともに描かれていきます。大人と対等に接し、仕事をしながら生き抜いていくたくましいチエの、自分で生き延びる術と知恵と力を持った活き活きとした姿が人気を呼びました。

作品は、大阪ならではの独特の単語や言い回しに溢れています。例えば、「こそばす」といえば「くすぐる」、「いてまう」は「ひどい目に合わせる。半殺しにする」などの意味で使われることのある言葉ですが、こうしたセリフがたくさん出てきます。

日本の各地には、その地方固有の単語や表現の仕方、イントネーションや比喩表現があります。そのことをストレートに表現したことも、この漫画の魅力の一つだったのかもしれません。

もう一つの特徴は、「小鉄」「アントニオ」などたくさんの猫が、人間と対等なキャラクターとして登場する点でしょう。

「猫なんて、人間のためには何もならんくせに、気分のいい時は愛敬ふりまいたり。気に入らんと、一切やらんでしょう。そんでうまいこと人間に可愛がられる。そやからいつも思う。こういう具合に生きられへんやろか」(朝日ジャーナル80・8・8)。

はるき悦巳は、理想のくらし方を、猫たちに見いだしていたのではないでしょうか。

はるき悦巳

(はるき　えつみ) 1947～

大阪府大阪市生まれの漫画家。多摩美術大学卒業。1978年に「政・トラぶっとん音頭」で漫画家デビューする。代表作「じゃりン子チエ」は1978年から連載がスタートし1997年まで19年間続いた。東京暮らしであったが、1983年に家族とともに兵庫県西宮市へ転居し暮らしている。

『じゃりン子チエ② 母の帰還』
双葉文庫／1998年

まつり

地蔵尊
地蔵尊

春の彼岸とたこめがね

小出楢重

私は昔から骨と皮とで出来上っているために、冬の寒さを人一倍苦に病む。それで私は冬中彼岸の来るのを待っている。

寒さのはては春の彼岸、暑さのはては秋の彼岸だと母は私に教えてくれた。そこで暦を見るに、彼岸は春二月の節《せつ》より十一日目に入《いり》七日の間を彼岸という、昼夜とも長短なく、さむからず、あつからざる故時正《じしょう》といえり。彼岸仏参し、施しをなし、善根《ぜんこん》をすべしとある。

彼岸七日の真中を中日《ちゅうにち》という、春季皇霊祭に当る。中日というのは何をする日か私ははっきり知らないが、何んでも死んだ父の話によると、この日は地獄の定休日らしいのである、そしてこの日の落日は、一年中で最も大きくかつ美しいという事である。

私が子供の時、父は彼岸の中日には必ず私を天王寺《てんのうじ》へつれて行ってくれた。ある年、その帰途父はこの落日を指《さ》して、それ見なはれ、大きかろうがな、じっと見てるとキリキリ舞おうがなといった。なるほど、素晴らしく大きな太陽は紫色にかすんだ大阪市の上でキリキリと舞いながら、国旗のように赤く落ちて行くのであった。私はその時父を天文学者位いえらい人だと考えた。

この教えはよほど私の頭へ沁《し》み込んだものと見えて、彼岸になると私は落日を今もなお眺めたがるくせがある。そしてその時の夕日を浴びた父の幻覚をはっきりと見る事が出来る。

彼岸は仏参し、施しをなしとあるが故に、天王寺の繁盛《はんじょう》はまた格別だ。そのころの天王寺は本当の田舎だった。今の公園など春は一面の菜の花の田圃《たんぼ》だった。私たちは牛車が立てる砂ぼこりを浴びながら王阪★1をぶらぶらとのぼったものであった。境内へ入るとその雑沓《ざっとう》の中には種種雑多の見世物《みせもの》小屋が客を呼んでいた、のぞき屋は当時の人気もの熊太郎弥五郎《くまたろうやごろう》十人殺しの活劇を見せていた、その向うには極めてエロチックな形相をした、ろくろ首が三味線を弾《ひ》いている、それから顔は人間で胴体は牛だと称する奇怪なものや、海女《あま》の手踊、軽業《かるわざ》、こま廻《まわ》し等、それから、竹ごまのうなり声だ、これが頗《すこぶ》る春らしく彼岸らしい心を私に起させた。かくして私は天王寺において頗る沢山有益な春の教育を受けたものである。

その多くの見世物の中で、特に私の興味を捉《とら》えたものは蛸《たこ》めがねという馬鹿気《ばかげ》た奴だった。これは私が勝手に呼んだ名であって、原名を何んというのか知らないが、とにかく一人の男が泥絵具と金紙で作った張《はり》ぼての蛸を頭から被《かぶ》るのだ、その相棒の男は、大刀を振翳《ふりかざ》しつつ、これも張ぼての金紙づくりの鎧《よろい》を着用に及んで張ぼての馬を腰へぶら下げてヤアヤアといいながら蛸を追い廻すのである。蛸はブリキのかんを敲《たた》きながら走る。今一人の男はきりこのレンズの眼鏡を見物人へ貸付けてあるくのである。

この眼鏡を借りて、蛸退治を覗《のぞ》く時は即ち光は分解して虹となり、無数の蛸は無数の大将に追廻されるのである。蛸と大将と色彩の大洪水である。未来派と活動写真が合同した訳だから面白くて堪まらないのだ。私はこの近代的な興行に共鳴してなかなか動かず父を手古摺《てこず》らせたものである。

私は、今になお彼岸といえばこの蛸めがねを考える。やはり相変らず彼岸となれば天王寺の境内へ現われているものかどうか、それともあの蛸も大将も死んでしまって息子《むすこ》の代となっていはしないか、あるいは息子はあんな馬鹿な真似《まね》は嫌だといって相続をしなかったろうか、あるいは現代の子供はそんなものを相手にしないので自滅してしまったのではないかとも思う。何にしても忘れられない見世物である。

★1　王阪＝「逢阪」のことと思われる。

『小出楢重随筆集』より

解説

画家・小出楢重は、大阪の中央区島之内で、花柳界向けの薬屋の長男として生まれましたが家業は継がず、「油絵師」となりました。また、絵画だけではなく、随筆の名手としても知られています。

自分が育った大阪や、暮らしたことのある神戸など、都市の生活風俗、祭りの風景などを頻繁に随筆のテーマとして取り上げています。正確で微細に描写された文章と、即興で描いたような挿絵がセットになった随筆は、当時の貴重な生活記録であり、読者を文と絵の双方で楽しませてくれます。

随筆『春の彼岸とたこめがね』は、大阪市天王寺区にある名刹《めいさつ》・四天王寺が舞台です。今は区名や駅名などで「天王寺」が使われていますが、天王寺とは四天王寺の略称です。

四天王寺は、聖徳太子が建立した七大寺の一つとされ、西大門は古来から極楽の門にあたると信じられてきました。彼岸の中日、石鳥居の向こうに沈む夕陽を拝しながら極楽浄土を観想するという独特な祈りの手法「日想観《にっそうかん》」は、現在も行われています。

その四天王寺の彼岸の日、子どものころに連れていかれた縁日。紫色にかすんだ大阪市の上を太陽が没していく「日想観」の回想。そして、縁日で賑わう境内の衝撃的な光景が、活写されていきます。

ろくろ首、顔は人で胴体が牛という奇妙な生き物、軽業師やコマ廻し、躍動する見せ物師たちの姿。特に「たこめがね」が面白かったようで、小出はその挿画まで残しています。「たこめがね」とは、はりぼてのタコを頭からかぶった男が境内を逃げ回る姿を、お金を払って借りたレンズの眼鏡で覗くという見せ物で、今では過去のものになってしまいました。小出の挿絵と文章は、子どもたちにとって祭りが、いかに珍しいものと出会える、喜びに溢れた不思議な体験だったかを伝えています。

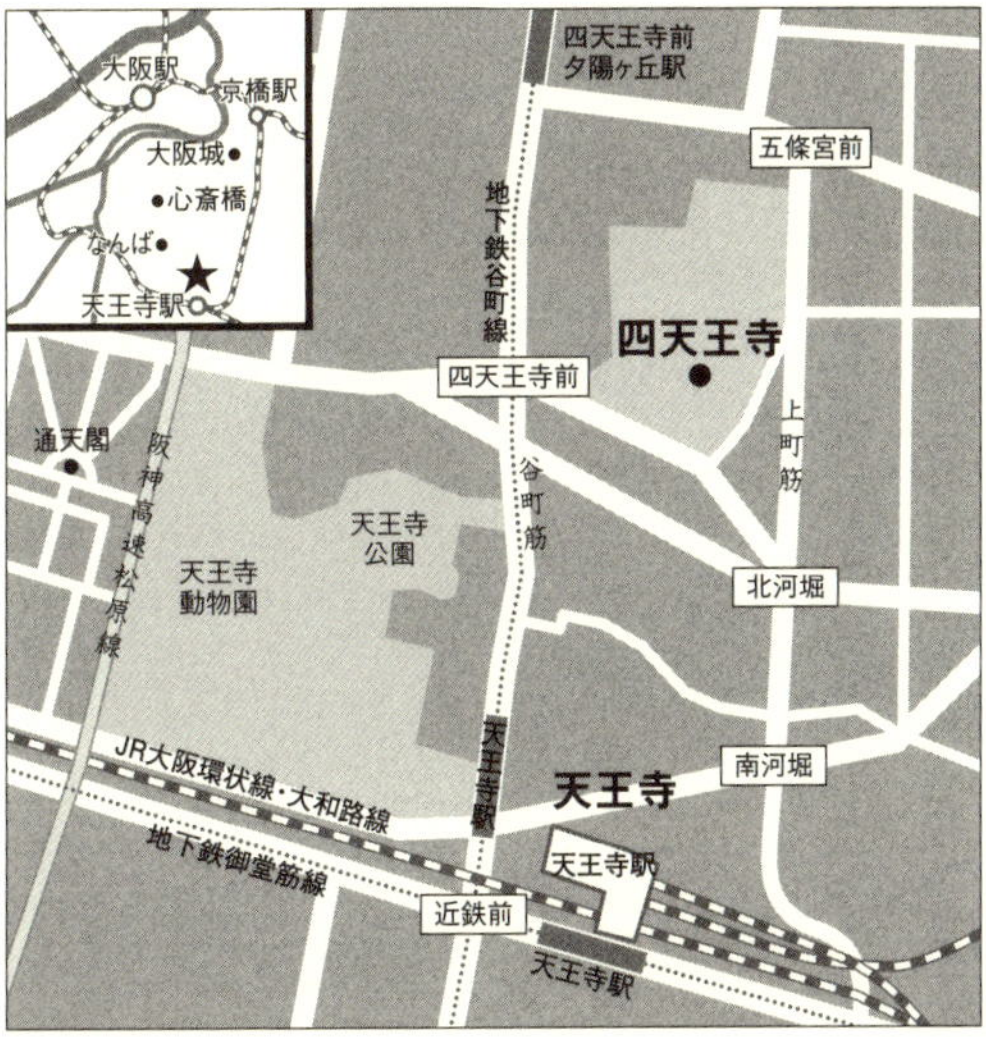

小出楢重

（こいで　ならしげ）1887～1931

大阪府大阪市生まれの洋画家。1907年に東京美術学校（現在の東京藝術大学）に入学。1919年に二科展出品作品の『Nの家族』で樗牛賞を受賞。翌年『少女於梅像』で二科賞を受賞。人物、風景、静物などさまざまなジャンルの油絵やガラス絵を描いた。随筆集の軽妙なユーモアに満ちた文章も人気を博した。

『小出楢重随筆集』
岩波文庫／1987年

激走！　岸和田だんじり祭

江弘毅

山車《だし》、地車《だんじり》、屋台といった類の祭ではどこでもそうだが、それ自体が方向転換するさまは、大きな見せ場(見所)の一つである。

例えば京都の祇園祭の鉾の「辻回し」もそうで、あらかじめ竹を敷き詰めた上を大きな車輪を滑らせながら曲がるシーンは誰もが映像や画像で見たことがある。

また、博多山笠のクライマックスでもある「追い山」の「櫛田入り」はタイムを競う激しい神事だが、それも「清道旗」を時計回りに一周する際の方向転換が、一番の技と力の見せ所である。

岸和田のだんじりもそのひとつだ。

というよりむしろ、このだんじり祭の神髄といえるものが「遣り回し」だ。

祇園祭の鉾や飛騨高山の山車などではその方向転換は、ゆっくり慎重に優雅に行われるが、岸和田のだんじりはその逆で、いかに早く勢いよく豪快にそれを「キメる」かがすべてなのである。

遣り回しはRのついたカーブをクルマのようにコーナリングするのではない。

城下町特有の直角に交わる辻、すなわち交差点を一気に「遣って（突っ込んでいって）」そして「回す」。

交差点中央にだんじりを放り出して、いっぺんに方向転換する。

それはクルマがコーナーを曲がる感じではなく、いうなれば鰯の群が一斉に一気に方向を変える感じであり、その微妙なところをわれわれ岸和田のだんじり人間たちは、この祭の最高の美意識として理解している。

書けばとてもシンプルなことだが、重さ四トンのだんじりを走りながら一気に回すのは、なかなか容易ではない。だんじりにはハンドルが付いていないし、構造的に元々曲がることを想定してつくられてはいない。

やれないことをやってしまう。それも過剰に、いともたやすくやってのける。そこがいい、それがたまらんのだ。

その遣り回しを説明するときに、よく言われている比喩がある。それはハンドル、アクセル、ブレーキを別々の人、それも集団が操作し、目隠ししてクルマを運転しているようなもの、と。

早くそしてきれいに回す。

けれどもそれは博多山笠のようにタイムの早さや、審査員やジャッジがいてその点数を競うのではない。計測不可能かつ単純な「早く、きれいに」についてのいうなれば自己満足的な美意識、それだけにおいて参加する者見る者の熱狂がある。

「きれいに曲がる」ということは、速いスピードで曲がる、ということのみを指すのではない。だんじりはある一定のスピードを超えたり、力の加減や操作具合を間違うと、必ず横転し大事故につながるからだ。

また、だんじりの遣り回しについて「いやいや曲がってる」という表現があるが、このことはコーナーの二点間をいかに速く走るか、ではなくその瞬間に次の二点間を仮想、あるいは想定的に作るという時間の先取りであり、直角な曲がり角をぬけるまさにそのときの、立ち上がりの状態とスピード(加速感)が問題とされる。

曲がり終え、だんじりがまさに正面を向き、その時つまり「立ち上がり」時に十分に速いかどうか、そこからさらに加速しているかどうかの表情が、遣り回しの美意識である。

それは鳴物も遣り回しがまさに終わろうというその瞬間、それが万事うまくいったその瞬間に、囃子のリズムのテンポを最高に早める(きざむ)ことが雄弁にそれを物語る。

バイクやクルマでコーナーを曲がる時もそうだが、人は自分で操る「車」に対しての次の瞬間をイメージして、そのイメージ通りにそれを運ぶことを期待し、それを美しいと思う。

試験曳きと本祭の陽の高い間の二日間、二十一台の各町だんじりは定められた曳行コースを何周も回り、本宮クライマックスの一発勝負のコナカラ坂の遣り回しも含め、何回も何回もその角ごとにこの各町それぞれ違う自慢の遣り回しを全力で行うが、あっと息を呑む方向転換のその迫力と美しさにおいて、岸和田だんじり祭を上回るものはない。

『岸和田だんじり祭　だんじり若頭日記』より

解説

大阪の岸和田市が、デザイナーのコシノ三姉妹と母の小篠綾子さんをモデルにしたＮＨＫ朝の連続テレビ小説『カーネーション』で、一躍注目をあびました。ロケ地は有名になり、全国から観光客が訪ねてくるようになりました。

その岸和田で行われる三〇〇年の歴史を誇る祭が、だんじり祭です。

毎年九月・十月に開催されるだんじり祭は、江戸時代の藩主・岡部長泰による五穀豊穣を祈願した稲荷祭が起源だと伝えられています。

「だんじり」は「地車」と表記され、祭りのときに曳《ひ》く出車や屋台のことです。欅の木目を活かした彫り物が特徴的で、人、馬、霊獣、花鳥など様々な文様が刻まれ、丹念に作られています。

だんじり祭は、他の祭りでは見られない地車の曳き方で見物人を熱狂させます。京都の祇園祭や飛騨高山祭などは、山車を曳くときも方向転換するときもゆっくりと動かすことで見せ場をつくります。一方だんじり祭では、「交差点を一気に『遣って（突っ込んでいって）』そして『回す』。交差点中央にだんじりを放り出して、いっぺんに方向転換する」鋭角的な動きや、回転するときのスピードが見どころです。

しかし、著者の江弘毅は、そうした荒々しさだけでなく、美しさをも求める感性こそ、大阪・岸和田だんじりのこだわりだと言います。

だんじりの曳行では、前方に一〇〇メートルほどの二本の綱をつけた山車が、二〇〇人とも五〇〇人とも言われる曳き手の男たちによって、町中を疾走します。素早く美しく、しかも横転しないように地車を曳くために、男たちは一丸となって息を合わせ、微妙なタイミングをはかります。地車には、囃子として大小の和太鼓と鉦に篠笛が加わります。
岸和田では、だんじり祭が近くなると、学校や会社が休みになるところがあるそうです。地域にとって、とても重要な祭りであるということでしょう。

交差点にさしかかった地車。

江弘毅
(こう　ひろき) 1958～

大阪府岸和田市生まれの編集者。神戸大学卒業後、神戸新聞マーケティングセンターに入社する。1988年に京阪神エルマガジン社に移籍。『ミーツ・リージョナル』の創刊に携わり12年間編集長を務める。2003年の岸和田だんじり祭では、五軒屋町若頭筆頭を務めた。現在は、大阪で出版・編集業に携わっている。

『岸和田だんじり祭　だんじり若頭日記』
晶文社／2005年

河内音頭

富岡多恵子

八月の大阪は「熱帯」だが、地蔵盆の二十三日、河内音頭を聞きに八尾へいった。八月になると河内ではあちらでもこちらでも櫓が立ち、そこで河内音頭が歌われ詠まれ、そのまわりでひとが踊る。

櫓の下で河内音頭をライヴで聞くのははじめてだったが、うまい音頭取りの時には惹きつけられ、いつまでも聞いていたくなる。もちろん踊った方がノルのかもしれないが、わたしはどうしても「聞く」のを楽しんでしまう。言葉の猥雑なおもしろさがたまらない。小節のユリとそれを切断するタンカが泣かせる。

わたしはナニワ節(浪曲)も義太夫節(浄瑠璃)も好きだが、河内音頭にはそれらと共通する、というよりそれらの失わざるをえなかった芸能の「野性」がまだ感じられる。

それにしても、「北摂」で子供の時をすごしたわたしは、河内へくるたびに、この辺に住んでみたいものだとしきりに思うのはどうしてだろう。ここは「大阪」であって大阪でなく、「河内国」だと勝手に納得し、「大阪」であるところとないところの両方に好奇心がわくのである。

故今東光氏が住職をつとめられていた天台院の前の道(クルマが一台通れるくらいの幅)には、盆提灯が向かい側までシェルターのようにびっしりとつるされ、その下には床几《しょうぎ》がおいてあって外部のクルマは通れない。つまり町内のお寺の前の道はパブリックでなくなっているのだが、それが少しも異常に感じられない。故今東光氏はたしか関東生れの方だが、どうしてあのように河内を愛されたのかが、わかるような気がする。良くも悪くも、「北摂」を「文化的に開発した」小林一三氏のようなひとが河内には進出しなかったことが、今日まで「河内国」をのこし、「河内音頭」を蒸発させてしまわなかったのだろうか。

河内音頭が東京の錦糸町でも行われているのを、出たばかりの『日本一あぶない音楽——河内音頭の世界』(全関東河内音頭振興隊篇)という本で知った。河内音頭に魅せられた東京人によるものらしく、その本も、さまざまな河内音頭へのオマージュでうまっていて、或る大学の先生はその河内音頭大会にウンベルト・エーコが来日した折につれていった話を書いている。ウンベルト・エーコという学者の名前など庶民は少し前まで知らなかったが、余技（?）の小説『薔薇の名前』がベストセラーになり、映画になって日本にも上陸したおかげで、わたしでさえ知るようになったひとであるが、そのエーコ・センセイが河内音頭をごらんになって「祝祭的空間そのものだ」「日本で見聴きした、最も躍動的な空間だった」と満足げにおおせになったというのを、つれていった先生も満足げに書いておられる。

八尾の或るお寺の櫓で、おばちゃんの音頭取りがじつにエゲツナイ文句をおおらかにうなっていた。あまりに古典的なワイセツさなので、その言葉が子供や若いひとの耳には入らぬようであった。それにくすぐられて笑っているオトナもいないようであった。多分、河内という地元のひとには、それはまだ盆踊りであって、「祝祭的空間」とか「躍動的空間」というようなモノモノしい、エラソーなものになっていないらしいところがステキであった。盆踊りの櫓の、すぐ近くで葬式があった。地蔵盆に「死にはる」ひともいるわけである。葬式のすぐそばの商店街の夜店では「時計」のタンカ売《ばい》をやっていた。

『大阪センチメンタルジャーニー』より

解説

河内音頭とは、大阪・河内地方で長いあいだ民衆に歌い継がれてきた音頭のことです。

富岡多惠子は「言葉の猥雑やおもしろさがたまらない。小節のユリとそれを切断するタンカが泣かせる」と河内音頭について書いています。

河内音頭は、民謡、浄瑠璃、声明、浪曲等さまざまな芸能と融合し影響しあいながら発展してきました。そんな河内音頭には、歌詞にも節回しにもいろいろなバリエーションがあります。

八尾の常光寺では、八月の盆踊りに『流し節正調河内音頭』が歌われます。この歌は「八尾の流し」とも呼ばれ、河内で最も古いとされる音頭です。「流し節」は、物語を流れるように語ることから口説きともいいます。『俊徳丸』『悲恋お久籐七物語』『網島心中』『八尾地蔵霊験記』などが、今も流し節正調河内音頭保存会によって継承されています。

流し節正調河内音頭は、ゆっくりとしたテンポで、踊りもしなやかな「型」が決まっています。常光寺の盆踊りではそうした伝統的な河内音頭が一通り披露された後に、現代調の新河内音頭が流れる、という二部構成になっています。

河内音頭は時代とともに変化し、近年は三味線や太鼓だけでなくエレキギター、パーカッション、シンセサイザーなどが使われます。それでも、河内音頭に宿ってきた芸能の野性は変わっていません。

西洋化の流れが急速に押し寄せてきた昭和三十年代半ばごろ、鉄砲光三郎のレコード『鉄砲節河内音頭シリーズ』が新たな河内音頭として注目されました。旧来の河内音頭を浪曲調にしたこの鉄砲節は、累計出荷数百万枚を超える大ヒットとなり、失われつつある伝統文化への郷愁と回帰を誘ったのでした。

リズミカルな河内音頭の音曲は、伝統文化としてだけでなく「洋楽と浪花節が融合した語り芸」「日本のソウル・ミュージック」として、現代の文化にも影響を与えています。

富岡多恵子

(とみおか　たえこ) 1935〜

大阪府大阪市生まれの詩人・小説家。大阪女子大学卒業。在学中から詩を書き1957年に詩集『返礼』を刊行する。1961年『物語の明くる日』で室生犀星詩人賞を受賞後小説家に転向する。『立切れ』で川端康成文学賞を受賞。大阪芸能への傾倒が大きく、漫才作家・秋田實の評伝を執筆している。

『大阪センチメンタルジャーニー』
集英社／1997年

くいだおれ

RIN

カズノコ
タニシ
キリンビール

道頓堀から法善寺横丁

森まゆみ

東京人にとって大阪のイメージは、多く歌謡曲で作られる。大阪生まれ大阪育ちの河島英五が四十八歳で亡くなった日、私はずっと「酒と泪と男と女」を口ずさんでいた。そしてこの歌は標準語で書かれているのにメロディーの揺すり方がBOROの「大阪で生まれた女」にそっくりだ。どっちもせつない。酔うほどにこの二つの歌は混ざっていく。

御堂筋の西側がアメリカ村だとすれば、一本東に並行するのが心斎橋筋。かつては大阪の一流店が並ぶ通りだったそうだが、そごうデパートも閉店し、パチンコ店が目立ち、私にはどこにでもあるアーケード街にしか見えない。

一軒だけ中尾松泉堂という古書店がある。

「このへんは江戸時代から古書店が軒を並べてたそうです。駸々堂《しんしんどう》もありました。古本屋と出版と兼ねた店も多かったんですわ。私どもは祖父の代で出て来まして、ここに店を開いたんですが。いまは一軒だけになってしまい、長いなじみのお客さんばかりです」

まっすぐ歩くと宗右衛門町《そえもんちょう》の歓楽街。バーやスナックの看板がぎっしり。といっても昼間の顔は白けている。ここも「宗右衛門町ブルース」のご当地ソングがあったっけ。明治三十五年に洋食屋として始まった「明陽軒」、いまは金鍋のすき焼きで有名だ。ご主人の話。

「昔は宗右衛門町といえばパリパリの花街ですわ。あんな、アメリカ村なんて倉庫街のへき地でしてん。昔はこの辺は情緒ありましたよ。お茶屋が軒並べて、御簾《みす》下げて、きれいなお姐さんがお化粧して通りましてん。人力車でお客さんが来やはって。櫓《やぐら》五座というて、芝居の見物帰りに橋向こうでごはんでも食べよかって」

道頓堀《どうとんぼり》川を戎《えびす》橋で渡る。俗にナンパ橋と呼ばれている。一昨年の夏、編集関係の若い女性十人と私で「大阪くいだおれ旅行」を断行、その時も通った。「ここでナンパされなかったらくやしい」「ソウダソウダ」。ところがちゃんと若い兄ちゃん達に声をかけられたのである。「あのー、いっしょに写真撮りませんか」って。そのあとの「お茶しませんか」は総勢十人なのでご辞退したけれど。

グリコのネオン。右に道頓堀橋、左には太左衛門《たざえもん》橋。この風景は見た覚えがある。阪神タイガースが優勝すると、ここから飛び込む人がいるのだとか。早慶戦のあとの新宿コマ劇場前の噴水みたいなものか。なんていうと年がばれる。

考えてみると、心斎、道頓、宗右衛門、太左衛門、これみんな人の名がついている。東京ではあまりないことだ。織田有楽斎《うらくさい》の有楽町とヤン・ヨーステンの八重洲《やえす》くらい。

道頓堀界隈はやはり浅草六区に似ている。食べもの屋、劇場、映画館、ホテル、庶民の娯楽がいっぱいにつまった町。なにしろ江戸は寛永のころ、芝居小屋が許され、すでに道頓堀は興行街だったというから。そしてここに人形浄瑠璃の竹本座、豊竹座が競い、大小の芝居小屋があったという。しかし浅草は、ロック座、常磐《ときわ》座、大勝館、東京クラブまで閉じ、黒山の人だかりと言われた六区の道筋は閑散としてしまった。道頓堀もいまや、上から見ると道が見えない、反対側に渡るのに十五分かかるというほどの混雑はない。中座は残念ながら閉場、しかし松竹座は劇場として興行中。浪花座は漫才・演芸館として存続。この装飾過多な建物をぜひとも残してほしい。残しましょうよ。浅草六区からは由緒ある近代建築がすべて消えてしまったから。

それにしても芝居小屋の間にはさまった電気じかけでカニやエビがうごく「かに道楽」や「千石船」「北海丸」の巨大ディスプレイ、ピエロが太鼓を叩くくいだおれ人形には驚く。こういう度肝を抜く派手な宣伝は東京にはなかなかない。「くいだおれ」はステーキにハンバーグ、エビフライ、和食に鍋、あれも食べたいこれも食べたいのお上《のぼ》りさんの心情を見抜いてにくい。

戎橋筋商店街の「せのや」でメモ帳を買った。大阪限定、なにわ名物グッズを商品開発して売っている。やっぱりナポリにそっくりだ。ナポリにも「青の洞窟（グロッタ・アズーラ）の水」とか「ナポリの空気」とか、アホらしい、ユーモア溢れるグッズを売る店がある。北への対抗意識がむき出しで、北部同盟の主唱者ボッシの首切り人形とか、一面灰色の絵葉書「ミラノの公園」「ミラノのお祭り」……要するにミラノなんかいつも霧で何も見えないというジョークなのだが、そんなものまで売っている。差別じゃない。それがなくては生きているのが楽しくない対抗意識。人生のスパイスのようなもの。大阪と東京も、それ。

久しぶりにひまだから映画でも見ようと思ったのだが、せっかく大阪だ、とグランド花月でヨシモトを見ることにした。切符を手に入れ、ちょっと早いので、千日前の「自由軒」で、名物カレーを食べようと思う。考えてみると、大阪に来ていらい、「杵屋」のうどん、「金龍」のラーメン、「珉珉」の餃子、タコ焼きとＣ級グルメばかり。まあ、その方が好きなのだが、どれもとびきりうまいとは思わなかった。

商店街入口の古い店のドアを押すと、道が静かだったのに、中はぎっしり満員。入ってくる人、全員カレーである。

「自由軒のライスカレーは御飯にあんじょうまむしてあるよって、うまい」と織田作之助が「夫婦善哉」に書き、愛したカレー。少し軟らかめのしっかりした味のついたカレー飯に生卵がのせてある。卵をまぜて食べる、というだけのものだが、これはまあおいしかった。

「自由軒」の命名は、創業者が岐阜の出身で自由民権にかぶれたからという。

「明治四十三年と聞いてます。最初一人で来やはって次は彼女ととか。いま松竹座に出てる坂東吉弥さんも興行中何度か来てくれはったですね」

壁に貼ってあるエビフライ、ハンバーグ、ビフカツは空しく出番を待つばかりなのか。

次回ちがうメニューで裏を返そう。

ヨシモトは面白かった。久しぶりに心ゆくまで笑う。「ハイヒール」という女性二人組、「サウンド・コピー」の湾岸戦争、そして外国人二人の達者な芸のあと、大人気桂文珍師匠の「老《ロー》婆《バ》の休日」で大満足。三千五百円は安いかも。

目の前のジュンク堂で、本探し。私の本が十点ほど並べてあって、めったにないことで感動した。もっともそのあとガイドブックを買うために入った本屋には「アンナ入荷」「飯島愛激白本」と大書してある。この売り方も大阪らしい。町に「激」の字が目立つ。こうなると「北極」という菓子屋や「北極星」というオムライス屋も、なんか過激なネーミングに思える。

そろそろ日暮れ、千日前道具屋筋で息子への土産にタコ焼き付き磁石を買い、家具問屋街から黒門市場をぬける。今日帰るなら買いたいものがいろいろあるが、あすもいるのだ。ともかく法善寺横丁に戻る。

最後ばかりは少しいいものを食べようと、これまた友人と待ち合わせ、オダサクゆかりの「正弁丹吾亭《しょうべんたんご》」に行く。そらまめ、きす、菜の花、鴨に赤貝、初夏らしい素材を用い、きっちり仕事した味だった。

ゆきくれてここが思案の善哉かな

さらりとして味わいぶかいオダサクの文学碑である。「フーフゼンザイ」と読んで大阪の友だちに笑われたことさえあった。ここから水掛不動周辺のかわいらしい、小さな空間は私のもっとも好きな大阪。
詩人小野十三郎さんのお見舞いにうかがった帰り、このあたりのカウンターで寺島珠雄さんにご馳走になったのを思い出す。その店を訪ねるすべもない。寺島さんももうこの世にはおられない。

『大阪不案内』より　抜粋

解説

京都は〈着だおれ〉、大阪は〈くいだおれ〉、神戸は〈履きだおれ〉。関西の三つの都市の気質の違いを言い表した言葉です。商都として発展し「天下の台所」と呼ばれた大阪には、日本中から特産物が集まるため、食文化が大いに発展しました。

大阪は、大きくは「キタ」と「ミナミ」に分かれますが、梅田駅界隈が「キタ」の中心的エリアで、道頓堀の戎橋界隈を中心にしたエリアが「ミナミ」と呼ばれています。

かつて「ミナミ」には芝居小屋がズラリと並び、興行街として賑わっていました。いま芝居小屋の多くは姿を消しましたが、歓楽街ミナミの勢いは衰えていません。グリコのネオンに電気じかけのカニ、巨大なフグなど、個性的なディスプレイが道頓堀界隈の個性的な風景を創り出しています。

森まゆみがこの界隈で立ち寄ったのは、赤白の縞のコスチュームに黒メガネ、太鼓を叩く「くいだおれ太郎」が店先で迎えてくれる「くいだおれ」という名の店でした。「あれも食べたい、これも食べたいのお上りさんの心情を見抜いてにくい」という「くいだおれ」のメニューは、ステーキにハンバーグ、エビフライ、和食に鍋…。何でもありのメニューは、まさに料理のジャンルを超えて、大阪の食文化の勢いを感じさせてくれます。

残念ながら「くいだおれ」は、二〇〇八年七月に閉店しましたが、「くいだおれ太郎」は、その強烈なキャラクターから、書籍やお菓子、土産物となっていまも大活躍中です。

一方、ミナミの喧噪が嘘のように静かな、大阪市中央区にある石畳の一画が法善寺横丁で、苔むした水掛不動が佇む横丁界隈に名店が並びます。「えび家」「正弁丹吾亭」「路」、そして織田作之助の小説『夫婦善哉』に登場するぜんざい屋も、西門内の一隅で客の舌を喜ばせ続けています。

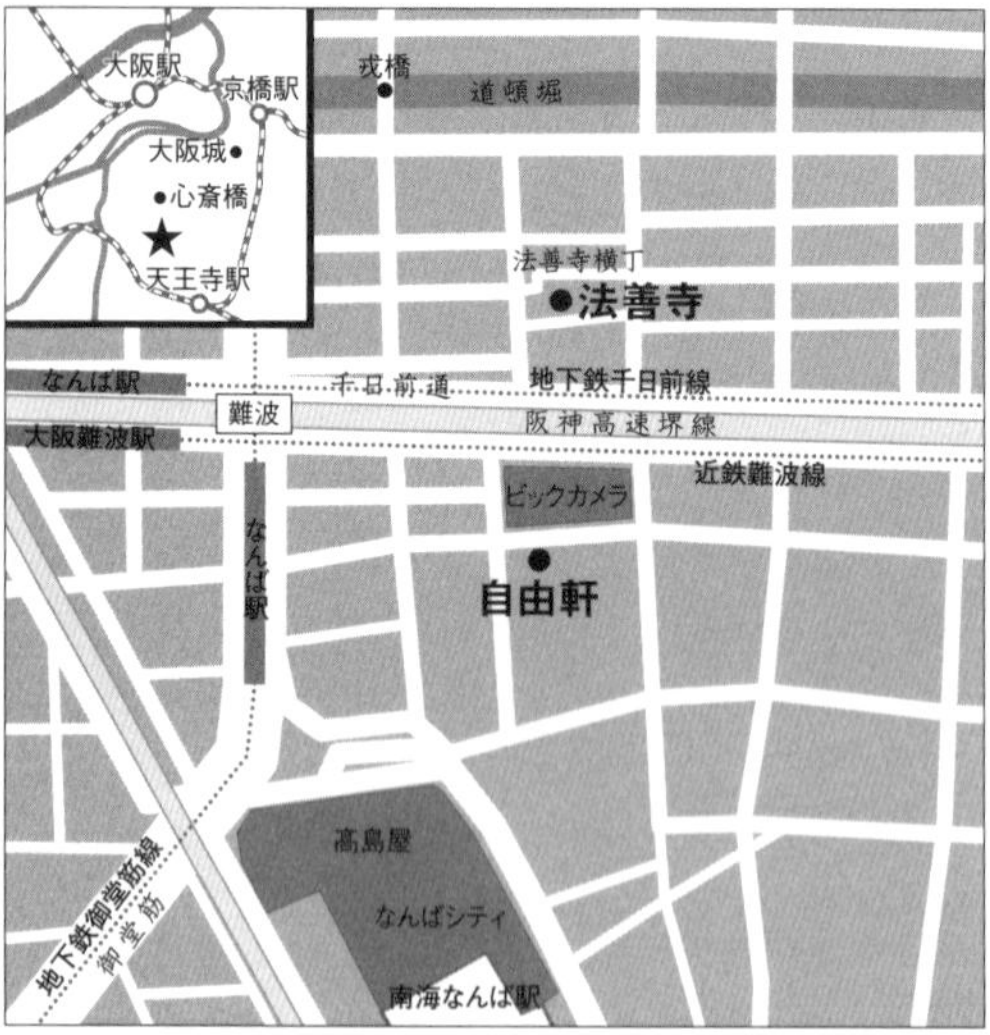

森まゆみ

（もり　まゆみ）1954〜

東京都文京区生まれのノンフィクション作家・エッセイスト。早稲田大学卒業後、現在の東京大学大学院情報学環教育部修了。出版社の編集者となり、後にフリーとなる。1984年地域雑誌『谷中・根津・千駄木』を創刊。近代建築の保存や、上野不忍池の保全などにも関わり、NTT全国タウン誌大賞を受賞している。

『大阪不案内』
ちくま文庫／2009年

世界初の「即席麵」チキンラーメン　井上理津子

●美食家も好む、大阪食のランドマーク

昔、知り合いに、たいそうグルメな夫婦がいた。肉も魚も野菜もいかり（スーパー）かデパ地下で。夫婦そろってお料理上手で、凝ったメニューのホームパーティーをしばしば開催。食のうんちくも豊富で、一流どころから穴場まで食べ歩きが趣味のようなお二人だったから、口が肥えていらしたことは間違いなかったと思う。

ややして、その夫婦は離婚した。

離婚して、元夫氏が思ったのは「これでやっと、チキンラーメンが食べられるな」ということだった……と聞いて、かっこいいグルメ夫婦というのは大変だったのだなと思った。

そう。チキンラーメンって、時折、無性に食べたくなる。

昭和な郷愁に加えて、なんだかお行儀悪くてもオッケーな雰囲気なのもいい。袋をバリッと破って、適当なお鉢に入れて、卵をガバッと割る。お湯をかけて三分間。「料理技術」まったく不要。日清食品の安藤百福《ももふく》さん、上手に考えてくれはったもんや――と、何度思ったことだろう。

日清食品の本社ビルは、新御堂筋沿い。梅田から淀川を渡ってすぐの西中島にある。私は、ほぼ毎日のように横を通らせていただいている。辺りに高層ビルが少ないからランドマークだ。そしてチキンラーメンも、大阪発祥食のランドマーク的存在だ。

●闇市で見た屋台の行列から始まった

チキンラーメンの誕生ストーリーは、よく知られている。

戦後まもなく、焼け野原と化した大阪・梅田の阪急の駅の裏手に闇市が出来ていた。安藤百福さんが、寒い冬の夜、偶然そこを通りかかると、長い行列ができていた。行列の先は一軒の屋台で、薄明かりの中に温かな湯気があがっていた。粗末な衣服に身を包んだ人たちが、寒さに震えながら、じっと順番を待っていたのだった。

「人はこんなにも、一杯のラーメンのために努力するものなのか」

「温かいラーメンの持つ〝力〟はすごい」

この光景が、安藤さんの脳裏に焼き付いた。

約十年後、事業に失敗して無一文になり、「人間にとって最も大切なのは何か」と考えた時、この光景が脳裏に蘇ってきた。

池田の自宅の裏庭に、研究用の小屋を建て、世界初の即席麵の開発に取り組み、約一年間の試行錯誤の末にチキンラーメンを生み出した——。

梅田から阪急宝塚線急行で二十分余り。池田駅南側にインスタントラーメン発明記念館があり、その中に、研究小屋が再現されている。

小屋の手前に、鶏小屋。二羽の名古屋コーチン(模型)がいるのを「自分で育てた鶏で、鶏ガラスープを作ったのです」と日清食品広報部さんは言う。スープの味をチキンに決めたのは、最初から世界の商品になることを意識したからだそうだ。ヒンズー教徒は牛を、イスラム教徒は豚を食べないが、チキンを食べない国はないと、考えたともいう。

小屋の中には、小麦粉、かんすい、卵。壁際に流し台、ガス台、麵打ち台、冷蔵庫。洗いあげた丼や調理器具、干された布巾や雑巾……。台の上には、研究の合い間に聞いたのであろうトランジスタラジオが置かれている。

「研究開発といっても、日本橋の道具屋筋を探しまわって手に入れた中古の道具を使って、たった一人で、です。おいしくて飽きのこない味にすること、家庭の台所で常備できるように保存性を確保すること、調理に手間がかからず、誰にも簡単に作れるようにすること、価格が安いこと、衛生的で安全であること。この五つを目標に、まさに不眠不休でこの小屋の中で研究に取り組んだのです」(日清食品広報部さん)

一番苦労したのは、麺の中へいかにスープ味を染み込ませるか、また長期保存できるよう乾燥させ、熱湯ですばやく戻せるかだった。小麦粉の中にスープを練り込むと、出来あがった麺はボソボソに切れた。麺を蒸してからスープに漬けると粘ついて乾燥しにくい。そこで、ジョウロでスープを均等にふりかけ、自然乾燥させたあと、手でもみほぐしてみたら、やっと均一に表皮に染み込ませることができたという。麺の乾燥法についても、常温で保存でき熱湯ですばやく戻せる方法を探り、これまたいろいろ試したが、これという方法をなかなか見いだせずに困り果てていた。と、その時、妻が揚げていた天ぷらを見て、「あっ」と思った。

衣をつけた材料を高温の油で揚げると、水分をはじき出して浮き上がってくる。表面には無数の小さな穴。麺を油で揚げても、表面に無数の穴があく。そこに湯をかけると、麺全体に湯が行き渡り、茹でたて麺状態に戻すことができる、と。「瞬間油熱乾燥法」と呼ばれるこの製法は、インスタントラーメンの根幹を成す製法特許となる。

こうして、推定一九五八年(昭和三十三)三月五日未明に、チキンラーメンが誕生した。

『はじまりは大阪にあり』より　抜粋

解説

「オムライス」「しゃぶしゃぶ」「ビアガーデン」「回転寿司」……こうした料理や食べ方の由来を調べると、いずれも大阪が発祥地だということを知り、驚かされます。

庶民の味の代表格「ラーメン」をいつでも手軽に食べられるようにした「チキンラーメン」も、やはり大阪から生まれました。世界初の即席麺の開発に取り組んだのは日清食品創業者・安藤百福。たった一人でゼロから即席麺の研究に着手し、早朝から深夜まで、自宅の庭に建てた小屋の中で研究に没頭しました。

チキンラーメンが商品化され人気となると、安藤は、企業の海外進出を目指して、新しいインスタントラーメンの開発に取り組みます。そうして開発されたのが「カップヌードル」です。

カップヌードルは安藤のねらい通り、海外でも大ヒット商品となり、『ニューヨーク・タイムズ』誌に「人類の進歩の殿堂に永遠の居場所を占めた」とまで言わしめました。

池田市にある「インスタントラーメン発明記念館」は、「発見・発明の大切さを伝える体験型食育ミュージアム」です。安藤は、一〇年間温めてきた発想のヒントを一年間に凝縮して商品を完成させました。開発時の作業小屋が忠実に復元・展示され、研究ぶりが、実感をともなって伝わってきます。「研究や発明は立派な設備がなくてもできる」ことをミュージアムは伝えています。また、「チキンラーメンファクトリー」や「マイカップヌードルファクトリー」といった体験を通して知る工房もあり、子どもから大人まで楽しめる空間がつくられています。

「スープの味をチキンに決めたのは、最初から世界の商品になることを意識したから」というくだりからは、まさに先見の明を感じさせられます。

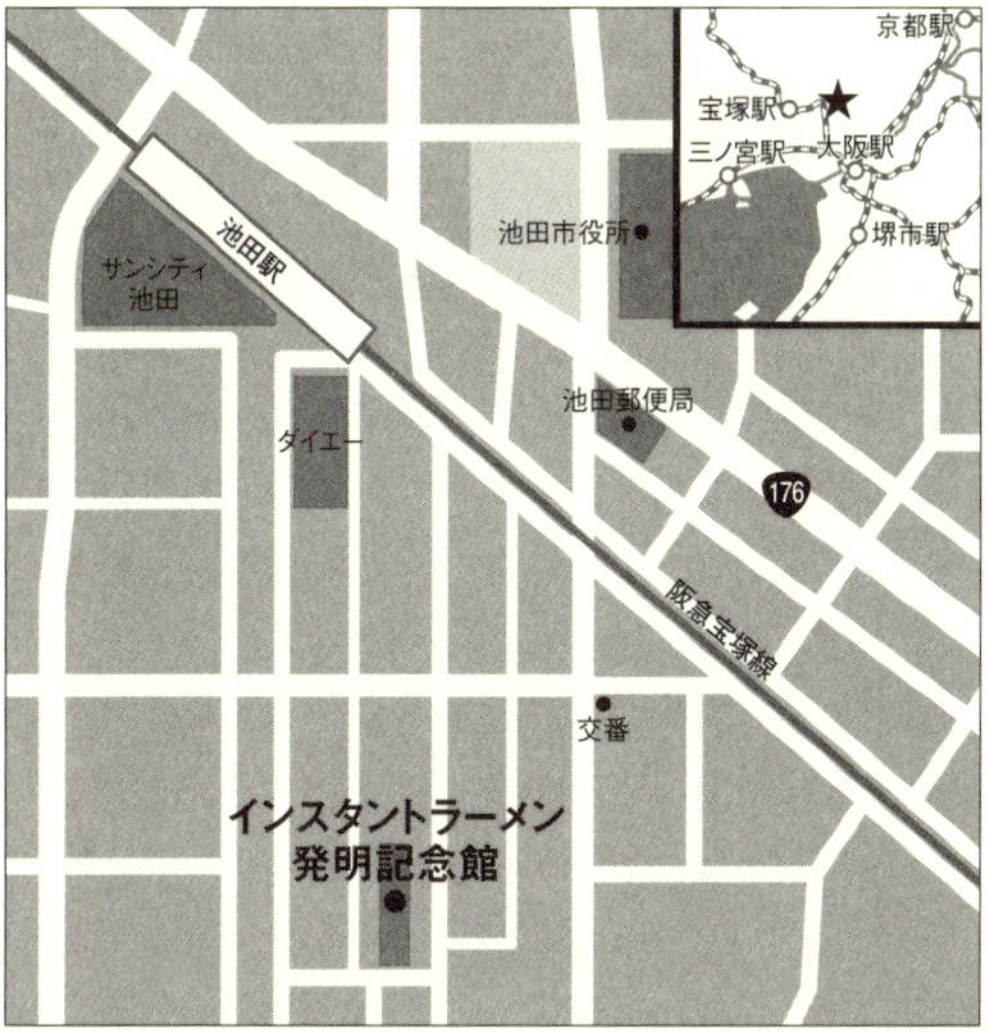

井上理津子

（いのうえ　りつこ）1955〜

奈良県奈良市生まれのフリーライター。京都女子大学短期大学部卒業。大阪のタウン誌『女性とくらし』編集部に勤務し、その後フリーになる。長年大阪を拠点として生活し、著書の多くも大阪を題材に扱っている。2011年に『さいごの色街・飛田』を出版。現在は東京在住。

『はじまりは大阪にあり』
ちくま文庫／2007年

ながめ

天游《てんゆう》　蘭学の架け橋となった男　中川なをみ

文化《ぶんか》十四(一八一七)年、天游は三十四歳《さい》になった。この年、天游夫妻《ふさい》が大坂にでて新居《しんきょ》をかまえたのは、雑喉場魚市場《ざこばうおいちば》(現在《げんざい》の大阪市西区。中之島《なかのしま》の西南)の近くにある靫《うつぼ》だった。雑魚場は大坂でもっとも活気のある魚市場として知らない者はいない。近海でとれた魚が毎朝水揚《みずあ》げされ、百間堀《ひゃっけんぼり》川(第二次大戦後埋《う》めたてられ現存《げんぞん》しない)から荷揚げされるため、堀川沿《ぞ》いには魚屋や海鮮《かいせん》問屋などが軒《のき》をつらねていた。

荷車を家の横につけると、天游は踏《ふ》み石《いし》の上にどっかとすわって、額《ひたい》の汗《あせ》をぬぐっている。

「きたんやなぁ、大坂に。さだ、おれはがんばるで。一生けんめいに勉強をするからな」

顔を上気してさけぶ天游を尻目《しりめ》に、さだは荷のなかから看板《かんばん》をとりだすと、真っ先に入り口にかかげた。医院の経営《けいえい》がうまくいかなければ、大坂にこしてきた意味がない。さだは明日からでも開業するつもりだった。

引っこして二日め、はやくもさだは診療《しんりょう》をはじめた。家のなかを襖《ふすま》で仕切って、玄関《げんかん》を患《かん》者《じゃ》の入り口にし、家族の出入りは勝手口と決めた。

家のなかにはひもでくくったままの荷物があちこちにころがっている。天游は散在《さんざい》する荷物をまたいだりけったりしながら、やっと勝手口までたどりついた。

「貧乏《びんぼう》所帯やのに、なんでこないに荷物があるんや」

生活感が希薄《きはく》な天游には、生活雑貨《ざっか》のこまごましたもののことなどわからない。

外は気持ちよく晴れあがっていて、青空には雲ひとつなかった。

診療室《しんりょうしつ》のほうに向かって、天游が声をあげた。

「さだ、いってくるわな」

さだに自分の声が聞こえても聞こえなくてもかまわなかった。報告《ほうこく》さえすれば、天游の気がすんだ。

目指すところは橋本宗吉《はしもとそうきち》が開いている塾《じゅく》の「絲漢堂《しかんどう》」だ。

宗吉は幼《おさな》いときから傘《かさ》に紋所《もんどころ》を描《えが》く貧《まず》しい職人《しょくにん》だったが、ぬきんでた聡明《そうめい》さをそなえていた。そこに目をとめたのが町人でありながら天文学者でもあった間重富《はざましげとみ》と、医者の小石元俊《こいしげんしゅん》だ。かれらは宗吉を経済的《けいざいてき》に援助《えんじょ》して学問をさせ、江戸に遊学させた。宗吉は、四か月のあいだに四万語のオランダ語を覚えたといわれるほど勉学にはげみ、周囲の期待以上の成果をあげて大坂に帰った。以後大坂の蘭学発展《らんがくはってん》に身をささげるつもりでいる。大坂蘭学の草分け的存在《そんざい》でもあり、もっとも権威《けんい》のある蘭学者でもあった。医院で診察《しんさつ》をするかたわら、塾《じゅく》でも日々教鞭《きょうべん》をとっていた。

絲漢堂《しかんどう》は心斎橋《しんさいばし》の近くだから、天游の家がある雑魚場《ざこば》市場からそう遠くない。このときの天游にとっては、距離《きょり》などまったく問題なかった。半日でも一日でも歩きつづけられただろう。

絲漢堂は天游が想像《そうぞう》していた以上に大きかった。寄宿している若《わか》い塾生だけでも二十人余《あま》りいる。部屋に通された天游は、緊張《きんちょう》と興奮《こうふん》で頭がくらくらしていた。

宗吉《そうきち》はふっくらとした顔立ちの、おだやかそうな人に見える。宗吉五十五歳《さい》、天游三十四歳の出会いだった。

宗吉が天游に自己紹介《しょうかい》をしろという。

若いころ、江戸で大槻玄沢《おおつきげんたく》に学んだというなり、宗吉の口もとに笑《え》みが浮《う》かんだ。

「わしらは大槻先生の同門ということですな。うれしいこっちゃ」

「まことに光栄に思います。じつは義理《ぎり》の父親も大槻先生に学んでおりまして……」

「どなたはんどすか？」

「はい、海上随鷗《うながみずいおう》、いいます」

宗吉《そうきち》が細い目を目いっぱい見開いている。

「こら、えらいこっちゃ。ほんなら、あんたがうわさの男かいな。べっぴんのひとり娘《むすめ》を嫁《よめ》にしたというんは、あんただったんかいな」

蘭学《らんがく》をする者で海上随鷗を知らない者はいない。なんといっても、日本ではじめての蘭和《らんわ》辞書《じしょ》『波留麻和解《はるまわげ》』の威力《いりょく》は大きかった。

宗吉も随鷗も、大槻《おおつき》門下の四天王といわれた秀才《しゅうさい》だった。

「どうやらあんたとは縁《えん》がありそうや。しっかり学んでおくれやす」


『天游　蘭学の架け橋となった男』より　抜粋

解説

江戸時代の蘭学者といえば緒方洪庵《おがたこうあん》が有名ですが、その師・中天游《なかてんゆう》の名はあまり知られていません。洪庵が「天游先生と誠軒《せいけん》先生（坪井信道《つぼいしんどう》）の慈恩がなかったら、今の自分はない」と言うように、天游は日本の蘭学に大きな影響を与えた人でした。

天游は、大槻玄沢の芝蘭堂や日本で最初の蘭和対訳辞書『波留麻和解《はるまわげ》』を完成させた海上随鷗《うながみずいおう》のもとで蘭学を学び、大坂の雑魚場魚市場（現在の大阪市西区。中之島の西南）の近くにある靱《うつぼ》に診療所を構えていました。

靱という地名は大阪以外ではあまり耳にしませんが、一説によると、豊臣秀吉がお供を従え市中を巡視した際に魚商人たちが「やすい、やすい」と威勢よく声をかけるのを聞いて、「やす（矢巣）とは靱（矢を入れる道具）のことじゃ」と言ったことから靱という地名になったといいます。地名からも、海産物を扱う問屋や仲買人が集中していたこの辺りの風景が伝わってきます。

しかし一九三一年、大阪市中央卸売市場の開場によって市場は役割を終え、跡地は「靱公園」に変わってしまいました。

靱から北に少し歩くと、中之島があります。

中之島は、堂島川と土佐堀川にはさまれた東西約三キロメートルの中州です。三百六十度水に囲まれた視界は、水都・大阪の心地よさを肌で実感できるすばらしい眺めです。

江戸時代、中之島には各藩の蔵屋敷が建ち並んでいましたが、明治になると商都の中心の役割を担う場所に変わっていきました。

今は、重要文化財・大阪府立中之島図書館や大阪

市中央公会堂（中之島公会堂）等が建ち並び、大阪を代表する歴史的建築物としてライトアップされ、美しいながめで人々を癒しています。

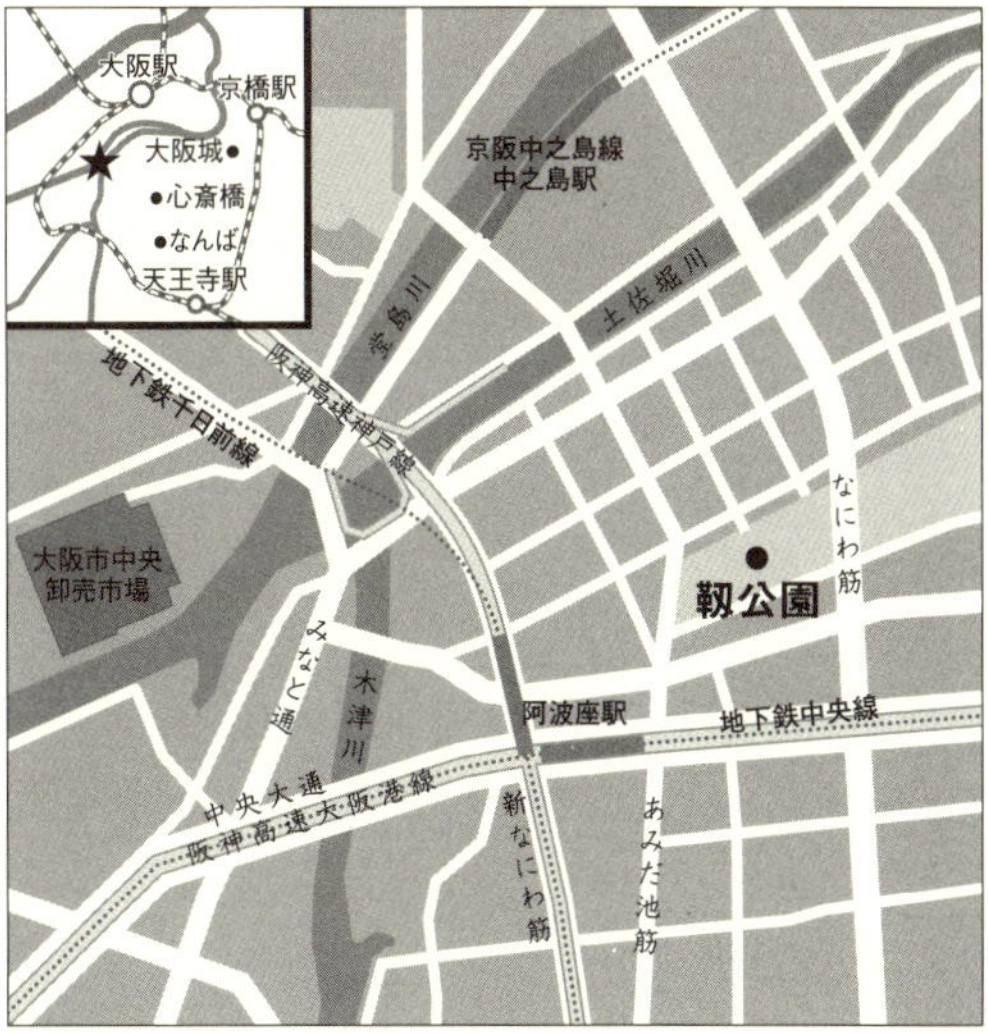

中川なをみ

（なかがわ　なをみ）1946〜

山梨県韮崎市生まれの児童文学作家。日本児童文学者協会会員。1987年『まぼろしのストライカー』でデビュー。主な作品に『あの日の風にあいたくて』『きんいろの雨』などがある。2002年『水底の棺』で日本児童文学者協会賞受賞。2004年発表の『まあちゃんのコスモス』は2007年に映画化された。

『天游　蘭学の架け橋となった男』
くもん出版／2011年

春風馬堤曲《しゅんぷうばていきょく》

与謝蕪村

注解●山下一海

余一日耆老《きろう》ヲ故園ニ問フ。澱水《でんすい》ヲ渡リ馬堤ヲ過グ。偶《たまたま》、女ノ郷《ごう》ニ帰省スル者ニ逢《あ》フ。先後シテ行クコト数里。相顧《あい》ミテ語ル。容姿嬋娟《せんけん》トシテ痴情《ちじょう》憐ムベシ。因《よ》ッテ歌曲十八首ヲ製シ、女ニ代リテ意ヲ述ブ。題シテ春風馬堤曲ト曰《い》フ。

私はある日、知り合いの老人を故郷に訪ねた。淀川《よどがわ》を渡り、毛馬堤《けまづつみ》を行くと、たまたま一人の女が故郷に帰省するのに出会った。先になり後になりしてしばらく行くうちに、ふりかえって話をしあうようになった。その女の容姿は、たいへんなよなよと女らしく、色っぽさにすっかり心をうばわれた。だから歌曲十八首を作り、女の身になり代わって、女の思いを述べてみた。題して「春風馬堤の曲」という。

●春風馬堤曲　十八首

やぶ入《いり》や浪花《なにわ》を出《いで》て長柄川《ながらがわ》

私は大坂の商家に奉公に出ている女。藪入《やぶい》りでしばしの暇をもらい、にぎやかな町並みを抜け出て、ようやく長柄川《ながらがわ》にさしかかった。

春風《はるかぜ》や堤長《つつみなご》うして家遠《いえとお》し

春風の中、はるばると続く堤の上を行くと、わが家はまだ遥《はる》かに遠い。

堤ヨリ下《お》リテ芳草ヲ摘メバ　荊《けい》ト棘《きょく》ト路ヲ塞《ふさ》ゲリ

荊棘何《なん》ノ妬情《とじょう》ゾ　裙《くん》ヲ裂キ且《か》ツ股《こ》ヲ傷ツク

堤からおりてかぐわしい春の草を摘むと、いばらが生い茂って路をふさいでいる。いばらクン。どうして私にやきもちを焼くの？　着物の裾《すそ》を引き裂いたり、アレッ、もものところを引っ掻《か》いたりして！

渓流石点々《いしてんてん》　石ヲ踏ンデ香芹《こうきん》ヲ撮ル　多謝ス水上ノ石　儂《われ》ヲシテ裙ヲ沾《ぬ》ラサザラシムルヲ

小さな流れに石が点々とあり、私はその石を踏んで、かぐわしい芹《せり》を摘むの。ありがとう、水辺の石サン。あなたのおかげで、私は着物の裾を濡らさずにすんだわ。

一軒の茶見世《ちゃみせ》の柳老《おい》にけり

道のかたわらに一軒の茶店があり、見覚えのある柳の木が、だいぶ老い木になっている。

茶店の老婆子《ろうばし》儂《われ》を見て慇懃《いんぎん》に無恙《ぶよう》を賀し且《かつ》儂《われ》が春衣《しゅんい》を美《ほ》ム

茶店のお婆さんは私を見て、ていねいに挨拶《あいさつ》し、私が元気であることを喜び、そのうえに私の春の晴着をほめてくれる。

店中二客有リ　能《よ》ク江南《こうなん》ノ語ヲ解ス　酒銭三緡《びん》ヲ擲《なげう》チ　我ヲ迎ヘ榻《とう》ヲ譲リテ去ル

茶店の中に二人の客がいた。大坂の色里の言葉を自在にあやつって、わけしり顔の話をしていたが、私が茶店に入ると、酒代を三緡《さんびん》投げ出して、床几《しょうぎ》をゆずって出ていってしまった。

古駅《こえき》三両《さんりょう》家猫児《けびょうじ》妻を呼ぶ妻来《きた》らず

古い集落に二、三軒の家があり、牡猫《おすねこ》が牝猫《めすねこ》を呼んでいるが、牝猫は来ない。

雛《ひな》ヲ呼ブ籬外《りがい》ノ鶏《とり》　籬外草地《ち》ニ満ツ　雛飛ビテ籬《かき》ヲ越エント欲ス　籬高クシテ堕《お》ツルコト三四

一軒の家では、垣根の外の鶏が雛《ひな》を呼んでいる。垣根の外には草が地面を覆って生えている。雛は垣根をとび越えようとするが、垣根が高いので、三度も四度も落ちてしまう。

春艸《しゅんそう》路三叉《さんさ》中に捷径《しょうけい》あり我を迎ふ

春の草の中に、路が三つにわかれている。その中の一つが見覚えのある近道で、私を迎えてくれる。

たんぽゝ花咲《さけ》り三々五々《さんさんごご》五々は黄に　三々は白し記得《きとく》す去年此路《このみち》よりす

路のかたわらにたんぽぽの花が咲いている。三々五々と咲いていて、黄色い花もあれば、白い花もある。今もよく覚えている。私が前に大坂へ出たとき、この路を通っていったことを。

憐《あわれ》みとる蒲公《たんぽぽ》茎短《みじこう》して乳を滭《あま》せり

心ひかれてたんぽぽの花を折りとると、短く折れた茎から白い乳がこぼれるよ。

むかし〳〵しきりにおもふ慈母《じぼ》の恩　慈母《じぼ》の懐袍《かいほう》別に春あり

昔々のやさしい母の恩がしきりに思い起こされる。あのやさしい母のふところには、この世の春とは違ったまた別の、深く大きな春があるのね。

春あり成長して浪花《なにわ》にあり　梅は白し浪花橋辺《ろうかきょうへん》財主の家　春情《しゅんじょう》まなび得たり浪花風流《なにわぶり》

母のいつくしみの春の中に過ごし、成長して、私は今大坂に住んでいる。梅の花の白く咲く浪花橋のほとりの、お金持ちの家に奉公して、私はまるでその梅の花のようなおしゃれな娘になって、心ときめく娘ごころで、浮き立つような浪花のはやりを、すっかり身につけたわ。

郷《ごう》を辞し弟《てい》に負《そむ》く身三春《さんしゅん》　本《もと》をわすれ末《すえ》を取接木《とるつぎき》の梅

私は故郷を離れ、弟を置き去りにして大坂に出て、この身はもう三年の春を過ごしたの。これではまるで、根もとの親木を忘れて、枝の先で咲きほこっている接ぎ木の梅のようなもの。

故郷春深し行々《ゆきゆき》て又行々《ゆきゆく》　楊柳長堤《ようりゅうちょうてい》道漸《ようや》くくだれり

久しぶりの故郷は春深く、なつかしい景色のなかを行き行き、また行き行く。柳の木の続く長い堤の路は、ようやく下り坂になった。

矯首《きょうしゅ》はじめて見る故園の家黄昏《こうこん》　戸《と》に倚《よ》る白髪の人弟《てい》を抱《いだ》き我を待つ春又春

路を下りながら、首をのばしてはじめて故郷の家を見た。折からの夕暮れ、白髪の母が戸口に寄りかかっている。母は弟を抱いて、私を待っていてくれたのね。年々の春ごとに。

君見ズヤ古人太祇《たいぎ》が句

藪入《やぶいり》の寝《ね》るやひとりの親の側《そば》

（トここで作者が現れて、作中の女に向かい）あなたもきっと知っているだろう。今は亡き太祇《たいぎ》の句を。その夜のあなたそのままだね。

藪入《やぶいり》の寝《ね》るやひとりの親の側《そば》

『近世俳句俳文集』より

解説

日本を代表する俳人の一人、与謝蕪村は、江戸中期の一七一六年、淀川左岸の大堤の南、毛馬（大阪市都島区毛馬町）に生まれました。

蕪村は、二十代の時に両親が亡くなると、大阪から江戸へ出て俳諧を学びます。「正風《しょうふう》の中興」を唱え、「芭蕉にかえれ」を目標としました。また、絵も上手だった蕪村は、文人画家としても大成しました。日本中を漂泊しながら俳句と絵画の腕を磨き、最終的には京都に居を構えました。

『春風馬堤曲』は、蕪村が幼かったころ、友だちと淀川の堤へ上がって遊んだ経験がきっかけとなって成立したと、手紙の中で明らかにしています。

作品は、俳諧発句体・擬漢詩体・漢文訓読体などの異なる表現がみられ、それらが見事に溶け合い、他に類を見ない表現様式を創りあげています。

『春風馬堤曲』の主題は、藪入りの風景です。春、晴れて暖かな日、奉公先の大坂の商家を出発して実家へと徒歩で旅をする娘が主人公です。藪入りとは、正月とお盆に奉公人が休みをもらい、帰郷する日のことです。蕪村は自らの故郷・毛馬堤への思いを故郷へと戻る娘に重ねて描いたのでした。

春の景色の中、はるばると続く堤。見覚えのある柳の木はずいぶん老木になってしまった。たんぽぽが足下に咲く道を行けば、優しい母の思い出が迫ってくる……詩の中に、やるせない故郷への心情が溢れます。各地を放浪し、故郷と距離をとり続けた蕪村は、いつも胸の中に毛馬への郷愁を抱いていたのかもしれません。この曲を書いた前年、蕪村は一人娘を嫁に出しました。その安堵感と空虚感から、『春風馬提曲』は創作されたのではないか、とも言われています。

今も都島区毛馬町の淀川堤を行くと「蕪村生誕地」の碑に出会うことができます。『春風馬堤曲』十八首の中の「春風や 堤長うして 家遠し」という句が刻まれています。

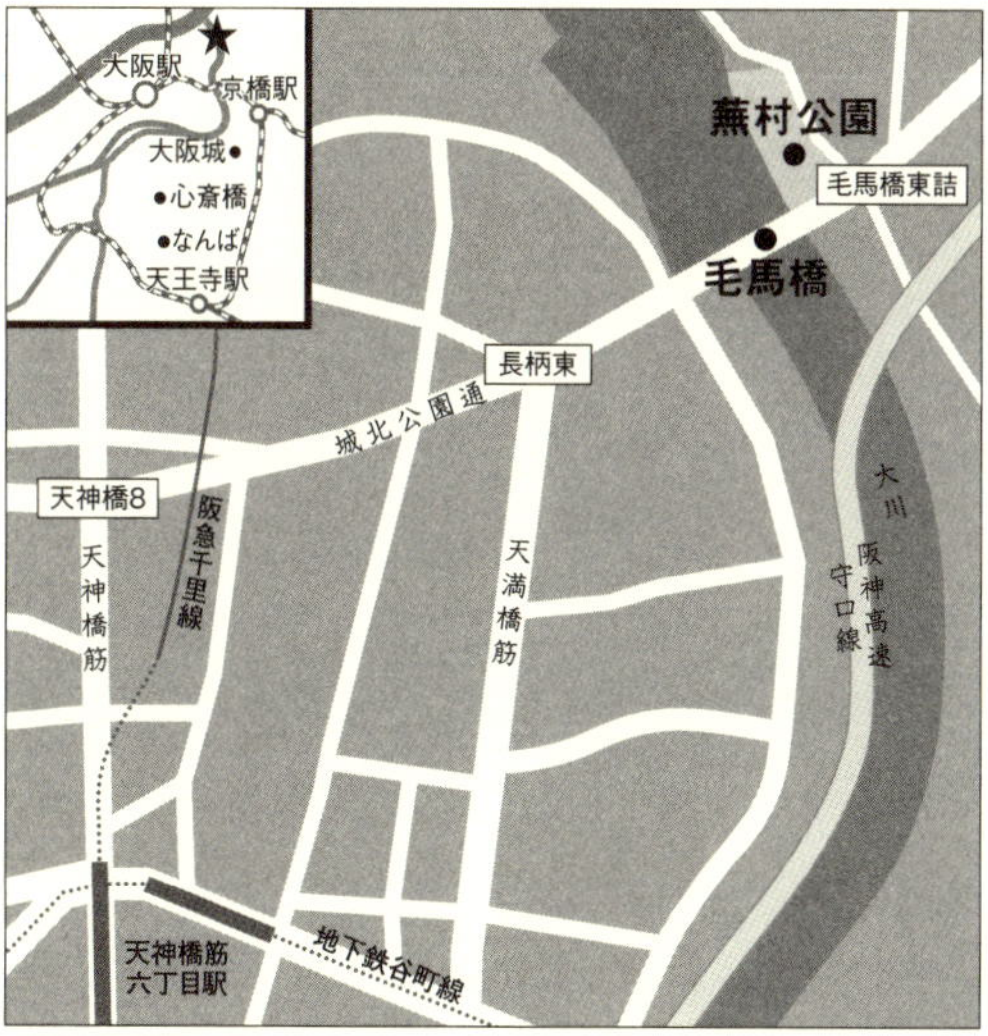

与謝蕪村
(よさ　ぶそん) 1716〜1783

現在の大阪府生まれの俳人・画家。20歳くらいの時に江戸へ下向し早野巴人(夜半亭)に誹諧を学ぶ。巴人没後は北関東・東北を中心に約10年放浪し、蕪村と改号した。1751年に京都に上り絵画の修業に専念するが、業績をあげるに伴い誹諧にも打ち込み、1773年『明烏』を刊行する。

『近世俳句俳文集』
小学館／2001年

北港海岸

小野十三郎

島屋町　三本松
住友製鋼や
汽車製造所裏の
だだつぴろい埋立地を
砂塵をあげて
時刻《とき》はづれのガラ空の市電がやつてきてとまる。

北港海岸。

風雨に晒され半ば倒れかかつたアーチが停留所の前に名残をとどめてゐる。
「来夏まで休業――」
潮湯の入口に張り出された不景気な口上書を見るともなく見てゐると
園内のどこかでバサッバサッと水禽の羽搏きがした。
表戸をおろした食堂、氷屋、貝細工店。
薄暗いところで埃まみれのまゝ越年する売残りのラムネ、サイダー、ビール壜。
いまはすでに何の夾雑物もない。
海から　川から

風はびゆうびゆう大工場地帯の葦原を吹き荒れてゐる。

『日本現代詩大系　第八巻』より

解説

大阪のミナミに生まれた小野十三郎は、銀行の創立者を父に持ち、裕福な家庭で育ちました。大学生の時、社会に対して疑問を抱き、中退してアナーキズムの思想に傾倒していきます。大正デモクラシーと口語自由詩運動の中で詩を書き始め、処女詩集『半分開いた窓』の序文には「あらゆる人間性の中庸に対する意識的反発、幸福、あらゆるブルジョア的幸福感の顚覆《てんぷく》」と記しています。

一九三八年、治安維持法違反で拘留されますが、その後も大阪を拠点に、詩による表現運動にエネルギーを注ぎ続けました。

小野十三郎は、同世代の詩人である宮澤賢治より七歳下、中原中也より四歳上ですが、第二次世界大戦後の社会と向き合いながら詩作を続けました。昭和を経た一九九六年に九十三歳で没するまで、敗戦と近代化によって変貌していった大阪の姿を、鋭い批評精神で表現しています。

小野が詩の舞台として選んだ場所は、殺伐とした風景に変わっていった、荒涼たる「葦原」でした。後年に書かれた自伝的エッセイ『奇妙な本棚―詩についての自伝的考察』にはこう記しています。

「わたしの葦はそんなところには一本だに生えていなかった―戦争、このおそろしい幻影がたゆとう時間と場所以外に、葦は姿を現わしようはなかったのである」

詩のタイトル「北港海岸」とは、新淀川と安治川の間の此花区に広がる、大正時代から大工場地帯として重化学工業の発展に寄与してきた場所です。「風はびゅうびゅう大工場地帯の葦原を吹き荒れてゐる」という一節でこの詩は締めくくられています。

戦争と近代化によって手に入れた大量生産地帯の風景は、時に人間性を阻害する危うさを含みこんだ工場と荒地の景色でもあることを、小野はこの詩を通して訴えているかのようです。

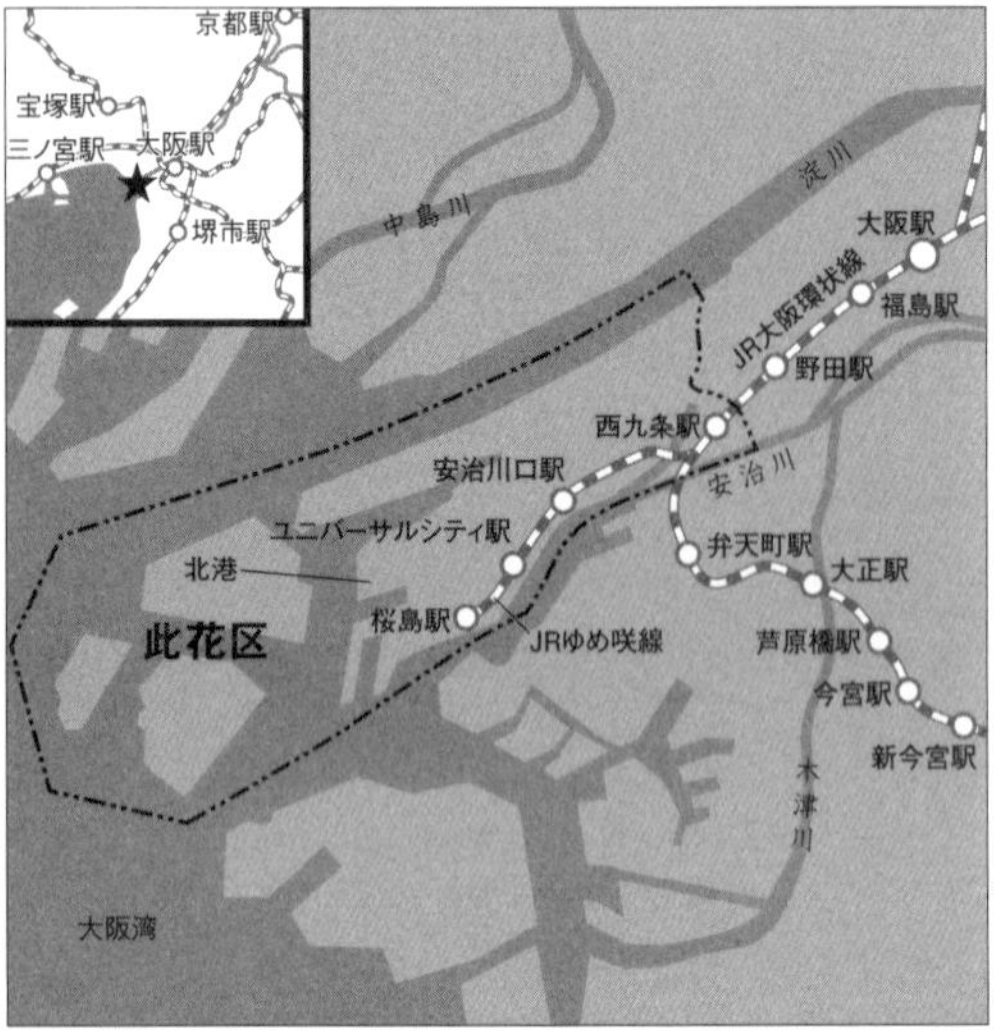

小野十三郎

（おの　とうざぶろう）1903～1996

大阪府大阪市生まれの詩人。裕福な家庭で生まれる。東洋大学に入学するもすぐに中退し、親の仕送りを受けながら詩作を続けた。1926年に岡本潤らと一緒に『弾道』を創刊。1933年大阪に戻り、大阪の重工業地帯を取材した詩集『大阪』を発表した。1954年に大阪文学学校を創設した。

『日本現代詩大系　第八巻』
河出書房新社／1975年

蘆刈

谷崎潤一郎

君なくてあしかりけりと思ふにも　いとゞ難波のうらはすみうき

まだおかもとに住んでいたじぶんのあるとしの九月のことであった。あまり天気のいい日だったので、ゆうこく、といっても三時すこし過ぎたころからふとおもいたってそこらを歩いて来たくなった。遠はしりをするには時間がおそいし近いところはたいがい知ってしまったしどこぞ二、三時間で行ってこられる恰好《かっこう》な散策地でわれもひともちょっと考えつかないようなわすれられた場所はないものかとしあんしたすえにいつからかいちど水無瀬《みなせ》の宮へ行ってみようと思いながらついおりがなくてすごしていたことにこころづいた。その水無瀬の宮というのは『増《ます》かがみ』の「おどろのした」に、「鳥羽殿白河殿《とばどのしらかわどの》なども修理《すり》せさせ給《たま》ひて常にわたりすませ給へど猶《なお》又水無瀬といふ所にえもいはずおもしろき院づくりしてしばしば通ひおはしましつつ春秋の花もみぢにつけても御心ゆくかぎり世をひびかしてあそびをのみぞしたまふ。所がらもはるばると川にのぞめる眺望いとおもしろくなむ。元久《げんきゅう》の頃詩に歌をあはせられしにもとりわきてこそは

見わたせば山もとかすむみなせ川　ゆふべは秋となにおもひけむ

かやぶきの廊渡殿《わたどの》などはるばると艶《えん》にをかしうせさせ給へり。御前の山より滝おとされたる石のただずまひ苔《こけ》ふかきみ山木に枝さしかはしたる庭の小松もげにげに千世《ちよ》をこめたるかすみのほらなり。前栽《せんざい》つくろはせ給へる頃人々あまた召して御遊《ぎょゆう》などありける後定家《ていか》の中納言《ちゅうなごん》いまだ下臈《げろう》なりける時に奉られける

ありへけむもとの千年《ちとせ》にふりもせで　わがきみちぎるみねのわかまつ

君が代にせきいるゝ庭をゆく水の　いはこすかずは千世も見えけり

かくて院のうへはともすれば水無瀬殿にのみ渡らせ給ひて琴笛の音につけ花もみぢのをりをりにふれてよろづの遊びわざをのみ尽しつつ御心ゆくさまにて過させ給ふ」という記事の出ている後鳥羽院の離宮があった旧蹟のことなのである。むかしわたしは始めて『増鏡』を読ん

だときからこの水無瀬のみやのことがいつもあたまの中にあった。見わたせばやまもとかすむ水無瀬川ゆふべは秋となにおもひけむ、わたしは院のこの御歌がすきであった。あの「霧に漕《こ》ぎ入るあまのつり舟」という明石《あかし》の浦《うら》の御歌や「われこそは新島守《にいしまもり》よ」という隠岐《おき》のしまの御歌などいんのおよみになったものにはどれもこれもこころをひかれて記憶にとどまっているのが多いがわけてこの御うたを読むと、みなせがわの川上をみわたしたけしきのさまがあわれにもまたあたたかみのあるなつかしいもののようにうかんでくる。それでいて関西の地理に通じないころは何処か京都の郊外であるらしくかんがえながらはっきりとところをつきとめようという気もなかったのであるがその御殿の遺跡は山城《やましろ》と摂津《せっつ》のくにざかいにちかい山崎の駅から十何丁かの淀川《よどがわ》のへりにあって今もそのあとに後鳥羽院を祭った神社が建っていることを知ったのはごく最近なのである。で、そのみなせのみやをとぶらうのがこの時刻から出かけるのにはいちばん手頃《てごろ》であった。やまざきまでなら汽車で行ってもすぐだけれども阪急で行って新京阪《しんけいはん》にのりかえればなお訳はない。それにちょうどその日は十五夜にあたっていたのでかえりに淀川べりの月を見るのも一興である。そうおもいつくとおんなこどもをさそうような場所がらでもないからひとりでゆくさきも告げずに出かけた。

山崎は山城の国乙訓《おとくに》郡にあって水無瀬の宮趾《みやあと》は摂津の国三島郡にある。されば大阪の方からゆくと新京阪の大山崎でおりて逆に引きかえしてそのおみやのあとへつくまでのあいだにくにざかいをこすことになる。わたしはやまざきというところは省線の駅の附近をなにかのおりにぶらついたことがあるだけでこのさいごくかいどうを西へあるいてみるのは始めてなのである。すこしゆくとみちがふたつにわかれて右手へ曲ってゆく方のかどに古ぼけた石の道標が立っている。それは芥川《あくたがわ》から池田を経て伊丹《いたみ》の方へ出るみちであった。荒木村重《あらきむらしげ》や池田勝入斎《しょうにゅうさい》や、あの『信長記《しんちょうき》』にある戦争の記事をおもえばそういうせんごくの武将どもが活躍したのは、その、いたみ、あくたがわ、やまざきをつなぐ線に沿うた地方であっていにしえはおそらくそちらの方が本道であり、この淀川のきしをぬってすすむかいどうは舟行《しゅうこう》には便利だったであろうが蘆荻《ろてき》のおいしげる入り江や沼地が多くってくがじの旅にはふむきであったかも知れない。そういえば江口の渡しのあとなどもいま来るときに乗ってきた電車の沿線にあるのだときいている。げんざいではその江口も大大阪《だいおおさか》の市内にはいり山崎も去年の京都市の拡張以来大都会の一部にへんにゅうされたけれども、しかし京と大阪の間は気候風土の関係が阪神間のようなわけには行かないらしく田園都市や文化住宅地がそうにわかにはひらけそうにもおもえないからまだしばらくは草ぶかい在所《ざいしょ》のおもむきをうしなうことがないであろう。忠臣蔵にはこの近くのかいどうに猪《いのしし》や追《お》い剝《は》ぎが出たりするように書いてあるからむかしはもっとすさまじい所だったのであろうがいまでもみちの両側にならんでいる茅《かや》ぶき屋根の家居《いえい》のありさまは阪急沿線の西洋化した町や村を見馴《みな》れた眼にはひどく時代がかっているようにみえる。「なき事によりてかく罪せられたまふをからくおぼしなげきて、やがて山崎にて出家せしめ給ひて」と、『大鏡《おおかがみ》』では北野の天神が配流《はいる》のみちすがら此処《ここ》で仏門に帰依《きえ》せられて「きみがすむやどの梢《こずえ》をゆく〳〵と」というあの歌をよまれたことになっている。さようにこの土地はずいぶん古い駅路なのである。たぶん平安のみやこが出来たのとおなじころに設けられた宿場《しゅくば》かもしれない。わたしはそんなことをかんがえながら旧幕の世の空気がくらい庇《ひさし》のかげにただよっているような家作《やづく》りを一軒々々のぞいてあるいた。

『吉野葛・蘆刈』より　抜粋

解説

大阪と京都という二つの都市の境に、山崎があります。桂川、宇治川、木津川が淀川として合流する、昔からの交通の要衝地です。明智光秀と羽柴秀吉が争った「山崎の合戦」でも知られています。

小説『蘆刈』は、その山崎から水無瀬の宮跡、淀川べりにかけての一帯が舞台で、山崎近辺の風景描写から小説は始まります。まるで紀行文のようで、読者はこの土地を訪ねたかのように引き込まれていきますが、次第に物語は不思議な色彩に包まれていきます。

「わたし」が淀川の対岸へ渡る川辺でひとり月見をしていると、中州で不思議な男に出会います。「ちょうどわたしの影法師のよう」なその男は、「お遊さん」という美しい女と自分の父との交遊物語を語り始めます。男の話はどこか古典的で優雅な香りを放ちつつも、美しい女の幻影に取り憑かれた父が思慕や愛着に苦しみ、身もだえするような執着に引き裂かれていった姿を浮かび上がらせるのでした。

谷崎は、この物語の下地に、実はもう一つの話として謡曲の『江口《えぐち》』を忍ばせていました。幻想的な『蘆刈』の物語を、複式夢幻能という能の幽玄な様式に重なるように構成していたのです。『江口』は、旅の僧が月澄みわたる川べりで、江口の君という遊女の幽霊と出会う物語です。現れた遊女は自らの境遇を語り舞い終え、やがて白雲に乗って西の空へと消えていくのでした。確かに『蘆刈』という小説も「おとこの影もいつのまにか月のひかりに溶け入るようにきえてしまった」という一節で終わります。

『蘆刈』が物語の導入で山崎付近の風景や地形をゆったりと描いたのは、続けて展開されていく話を、三つの川が合流する山崎の光景と重ねることで『江口』と共鳴させ、時代を隔てた二つの物語を融合させるための仕掛けだったのでしょう。

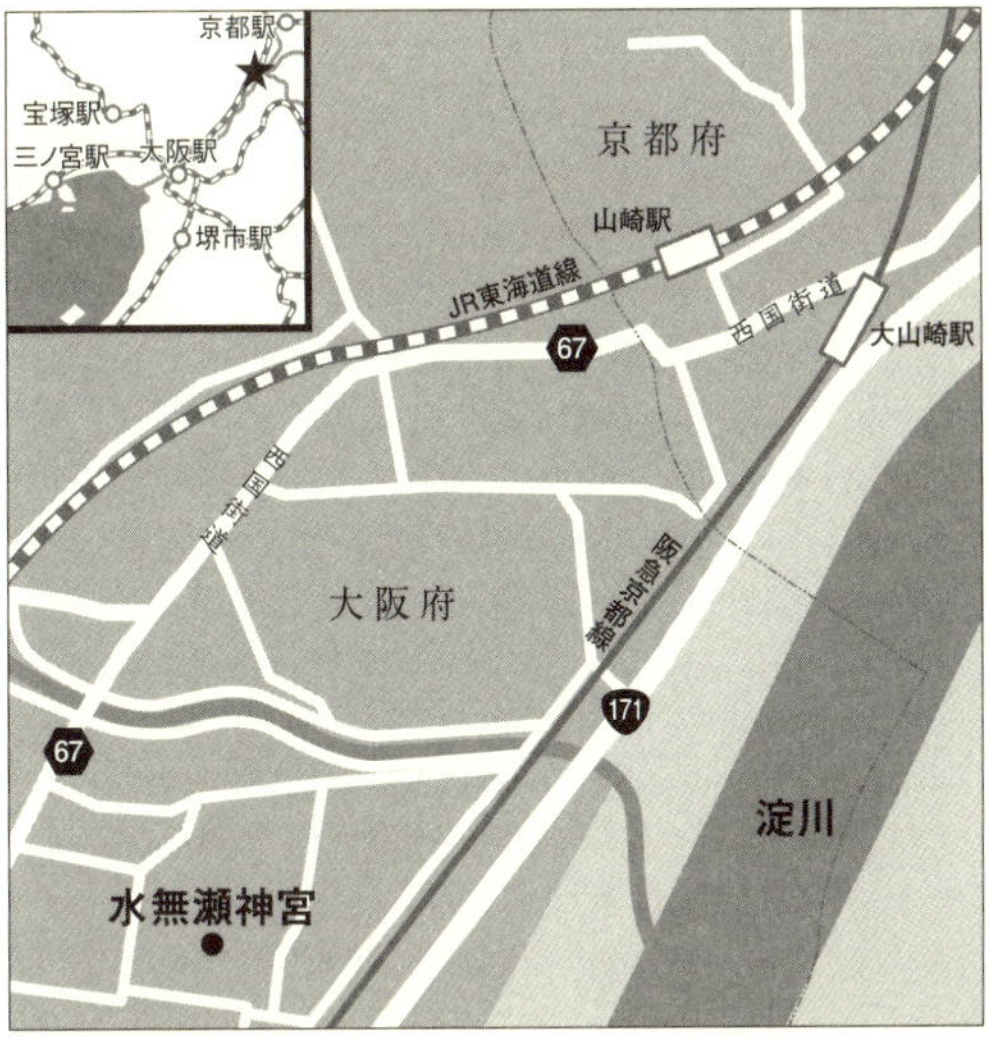

谷崎潤一郎

（たにざき　じゅんいちろう）1886～1965

現在の東京都中央区日本橋生まれの小説家。裕福な商家に生まれたが、中学時代に父親が事業に失敗。苦学が続き、東京帝国大学（現在の東京大学）は授業料未納で退学となる。しかし、永井荷風が『刺青』などを絶賛。文壇での地位を確保した。さまざまな文体による名作を生み出し、「大谷崎」と呼ばれている。

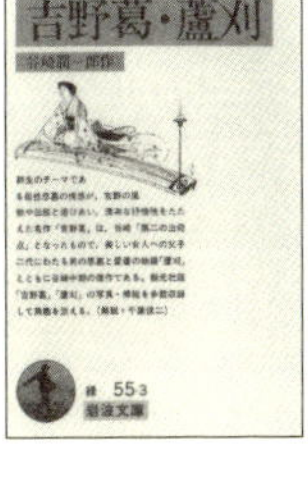

『吉野葛・蘆刈』
岩波文庫／1950年

監修者あとがき

船所武志

古くから大阪(大坂)は、対外交易の拠点でした。昔、難波津《なにわづ》といわれた遣唐使出発地の光景は、井上靖『天平の甍』冒頭に描かれています。現在も大阪市の中心部には、南北に広がる上町台地がありますが、南端の住吉大社、その南にあった住吉津を、船は出発して、上町台地北部の難波津に立ち寄って瀬戸内へ出たとも言われています。

上町台地の北端は、現在の大阪城付近ですが、その南側には難波宮跡があり、現在「史跡公園」になっています。仁徳天皇は高津宮《たかつのみや》と称しました。仁徳天皇即位を祝う、〈難波津に咲くやこの花冬ごもり今は春べと咲くやこの花〉(花は梅の花、百済《くだら》からの学者王仁《わに》による)の歌が『古今集』仮名序に記され、手習いの最初に習う歌として知られています。

こうした文化の古層にかかわりの深い上町台地の中央部には、現在の四天王寺があります。昔から大阪人には「天王寺さん」と親しまれており、謡曲『弱法師《よろぼし》』などにみられる「俊徳丸」の物語の舞台となっています。弱者を救済する懐《ふところ》の深さを感じさせ、国の始原の姿を見る思いがします。

混沌とした始原の姿から、やがて、住吉大社、四天王寺、大阪城が配置される北向きの半島であった上町台地の縦軸の地勢に加え、東西に民衆の力とともに広がる大地によって、大坂の文化が培われてきました(中沢新一氏の『大阪アースダイバー』に同様の指摘もある)。その文化が、近世になって一気に花開くことになります。

民衆文化が現在にまで息づく姿として、近松門左衛門の世話物などは、国立文楽劇場(日本橋《にっぽんばし》)で上演されます。また、能楽会館をはじめ能楽堂などでは、能・狂言が演じられます。

笑いの文化として語られることの多い大阪ですが、そこには、文化の古層に息づくたくましい民衆の底力が厳然として存在しています。

最後になりましたが、作品の掲載を快諾くださったご関係の皆様、大和書房、ならびに編集の労をとってくださったオフィス３０３に厚く御礼申し上げます。

監修●**船所武志**(ふなどころ　たけし)

1957年大阪府堺市生まれ。大阪教育大学大学院教育学研究科国語教育専攻修士課程修了。元大阪府立北野高等学校国語科教諭、現在、四天王寺大学教育学部教授。表現学会理事のほか、日本語学会、日本文法学会、全国大学国語教育学会、日本国語教育学会等に所属。専門分野は、国語学(文章表現論)・国語教育学。共著に『表現学大系 各論編 第27巻 論説・評論の表現』(土部弘編　教育出版センター)はじめ、戯曲、小説・物語、論説・評論等の文章分析・表現論に関する多数の論文がある。

補佐●藤原將修　大阪府立北千里高等学校国語科指導教諭
協力●酒井健司　清風南海高等学校国語科教諭
高田久嗣　大阪高等学校国語科常勤講師
中辻允　堺市立鳳中学校国語科常勤講師

解説●**三橋俊明**(みはし　としあき)

1947年東京都・神田生まれ。1973年『無尽出版会』を設立、参加。日本アジア・アフリカ作家会議執行役員を歴任。著作に『路上の全共闘1968』(河出書房新社)、共著に『別冊宝島　東京の正体』『別冊宝島　モダン都市解読読本』『別冊宝島　思想の測量術』『新しさの博物誌』『細民窟と博覧会』『流行通行止』(JICC出版局／現・宝島社)『明日は騒乱罪』(第三書館)、執筆にシリーズ『日本のもと』(講談社)などがある。

絵画●**長谷川義史**(はせがわ　よしふみ)

1961年大阪府藤井寺市生まれ。グラフィックデザイナー、イラストレーターなどを経て、現在は絵本作家として活動している。2008年に『ぼくがラーメンたべてるとき』(教育画劇)で日本絵本賞、小学館児童出版文化賞を受賞。その他に「おじいちゃんのおじいちゃんのおじいちゃんのおじいちゃん」(BL出版)、「うえへまいりまぁす」(PHP研究所)など多数の作品がある。

●作品タイトル一覧

カバー・p174「橋の上と下で」／p.2「ぽぽんえす」／p.8「かみしばいのおっちゃん」／p.40「あきんど」／p.68「キャチボール」／p.134「じぞうぼん」／p.154「いざかや」

地図協力
● マップデザイン研究室

写真協力（五十音順・敬称略）
● 朝日新聞社（p.16・38・49・66・98・108・131・152・164・196・203）
● 尾上圭介（p.23）　● テルプランニング（p.90）
● 小出龍太郎（p.141）　● 江弘毅（p.147）
● 井上理津子（p.171）　● 中川なをみ（p.181）

● 表記に関する注意
本書に収録した作品の中には、今日の観点からは、差別的表現と感じられ得る箇所がありますが、作品の文学性および芸術性を鑑み、原文どおりといたしました。また、文章中の仮名遣いに関しては、新漢字および新仮名遣いになおし、編集部の判断で、新たにルビを付与している箇所もあります。さらに、見出し等を割愛している箇所もあります。

ふるさと文学《ぶんがく》さんぽ　大阪《おおさか》

二〇一二年十二月三〇日初版発行

監修　船所武志《ふなどころたけし》
発行者　佐藤靖
発行所　大和《だいわ》書房
〒一一二―〇〇一四
東京都文京区関口一―三三―四
電話　〇三―三二〇三―四五一一

ブックデザイン　ミルキィ・イソベ（ステュディオ・パラボリカ）
明光院花音（ステュディオ・パラボリカ）
編集　オフィス303
校正　聚珍社
本文印刷　信毎書籍印刷
カバー印刷　歩プロセス
製本所　ナショナル製本

ISBN 978-4-479-86204-8
乱丁本・落丁本はお取り替えいたします。
http://www.daiwashobo.co.jp/